快乐读书吧
系列丛书

世界经典神话与传说故事

肖维玲 主编

山东大学出版社
SHANDONG UNIVERSITY PRESS
·济南·

图书在版编目（CIP）数据

世界经典神话与传说故事 / 肖维玲主编. -- 济南 : 山东大学出版社, 2025. 6. --（快乐读书吧系列丛书 / 肖维玲主编）. -- ISBN 978-7-5607-8846-3

Ⅰ. I17

中国国家版本馆 CIP 数据核字第 20251PF969 号

责任编辑　张　蕾

封面设计　李文静

世界经典神话与传说故事

SHIJIE JINGDIAN SHENHUA YU CHUANSHUO GUSHI

出版发行	山东大学出版社
社　　址	山东省济南市山大南路 20 号
邮政编码	250100
发行热线	(0531)88363008
经　　销	新华书店
印　　刷	天津联城印刷有限公司
规　　格	710 毫米 ×1000 毫米 1/16
	10.25 印张 205 千字
版　　次	2025 年 6 月第 1 版
印　　次	2025 年 6 月第 1 次印刷
定　　价	35.00 元

《世界经典神话与传说故事》导读

每个国家、民族都有自己的神话传说，这些神话反映了他们的历史、文化和先民看待世界的方式。本书主要编选了北欧、阿拉伯、拉丁美洲和亚洲的一些著名的神话传说，这些故事展现了世界各地民族文化的瑰丽风貌。但世界神话远不止这些，希望这本书能抛砖引玉，激发你阅读神话的兴趣。开始阅读之前先让我们了解几个基本问题。

什么是神话

简单来说，神话是远古先民以充满想象力的方式来认识自然和社会现象从而创造的。神话的主角一般是神或者神化的英雄，充满浪漫色彩。通过讲述神灵、英雄或一些超自然生物的事迹，来解释世界的起源（比如天地如何形成）、自然现象（比如为什么会有雷电）以及人类的社会发展（比如文字的诞生）。这些故事经过了艺术加工，反映了远古先民对世界的观察和思考，是早期人类文化的重要组成部分。中国的《女娲补天》、古希腊的《普罗米修斯盗火》等，都是经典的神话故事。

为什么要阅读神话

神话就像一把钥匙，能打开不同民族、不同时代的“思想宝箱”——比如，中国神话讲“盘古开天”，北欧神话讲“雷神掌管雷电”，这些故事告诉我们：在没有科学的时代，人们如何解释世界的奥秘。通过神话，我们可以学到远古先民的智慧、勇气和对自然的敬畏，还能发现不同文化的共同点（比如很多神话都有“大洪水”的故事）。

神话不仅有趣，还能让我们学到很多重要的东西。

① 激发想象力

神话里有会飞的龙、补天的女神、射日的英雄……这些神奇的故事能让我们的大脑“飞起来”，变得更会想象和创造！

② 了解不同文化

每个地方的神话都各具特色。读神话就像“穿越旅行”，能发现世界各地人们的不同想法和传统。

③ 学习智慧和道理

神话里的英雄常常勇敢、善良（比如普罗米修斯为人类偷火种），也会犯错受罚（比如贪心的国王变成驴子）。这些故事悄悄教会我们做人的道理。

④ 理解世界缘起

古人用神话解释自然现象，比如“雷公电母打雷”“月亮上有嫦娥”。虽然现在我们知道科学的答案，但神话让我们看到人类“童年时期”的思考方式。

⑤ 为阅读和欣赏艺术打基础

很多电影、小说、绘画都从神话中汲取了营养！比如《魔戒》使用了大量北欧神话中的设定，《西游记》里出现了嫦娥，《封神演义》里出现了女娲。读过神话，将来遇到这些内容，我们就能一眼辨认出来啦！

世界神话有哪些主要谱系

中国神话

◎特点：充满祖先崇拜与不屈抗争的精神。

◎代表人物：女娲、大禹。

古希腊神话

◎特点：众神高度人格化，像人类一样有爱恨情仇。

◎代表人物：神王宙斯、太阳神阿波罗、普罗米修斯。

北欧神话

◎特点：核心基调是悲壮的，明知“诸神黄昏”结局仍英勇赴战。

◎代表人物：神王奥丁、雷神索尔、谎言与诡计之神洛基。

印度神话

◎特点：具有生死轮回观念，神有无数化身，充满哲学思辨。

◎代表人物：创世神梵天、保护神毗湿奴、毁灭神湿婆。

美洲神话

◎特点：与自然紧密相连，常有动物祖先、太阳祭祀等元素。

◎代表人物：羽蛇神库库尔坎、创世神玛雅。

《世界神话》的阅读方法

1 初步感知

浏览书籍的目录、导读等部分，对书籍的整体框架和主要内容有一个大致的了解。

2 标注笔记

因为语言问题，世界神话传说中经常出现很长、难以记住的名字。在阅读中遇到重要的、反复出现的情节、人物时，可以用不同颜色的笔进行标注。这样有助于加深印象、回顾和复习。

3 记录表达

阅读中我们会忍不住产生许多疑问，记得及时记录下来，再结合书中的阅读指导认真思考，写下自己的阅读收获和感悟，提升阅读理解能力和表达能力。

4 比较阅读

同一主题的故事在不同地域、文化中可能有所差别，比如同样是神王，北欧的奥丁与古希腊的宙斯不尽相同。

5 跨界阅读

许多世界经典神话都被拍成了电影，适当利用多媒体资源，看看它们与书中的故事有哪些异同点，加深对神话传说背后文化的理解。

目录

·北欧神话

·中亚与阿拉伯神话

·拉丁美洲神话

·日本朝鲜印度神话

北欧神话

众神之王奥丁

在北欧神话的体系中，奥丁是当之无愧的众神之王，他是整个世界秩序的主宰者与维护者，

他的权威坚不可摧，他的力量深不可测。他的意志影响着诸(zhū)神的兴衰荣辱，以及万物的生老病死。他高坐在名为“希利德斯凯(kǎi)拉夫”的宝座之上，俯瞰(kàn)着整个世界，无论是天际的神灵、地上的人类，还是冥(míng)界的亡魂，都在他的注视与掌控之中。在北欧神话的漫长岁月里，奥丁始终是众神与人类心中既敬畏又尊崇(chóng)的神明。

奥丁是一位威严的长者，他的身姿巍峨(wēi é)[①]挺拔，一头黑发肆(sì)意垂落，随风飘动，每一缕(lǚ)发丝都彰显出他强大的自然之力。他的脸庞轮廓(kuò)分明，额头深深浅浅的皱纹铭刻着他波澜壮阔的过往，幽黑深邃(suì)的独眼能穿透世间一切虚幻不实的表象，直达事物的本质与真相。

他的肩头，稳稳停驻着两只大鸦，一为尤金，其名意为“思想”；一为穆宁，即“记忆”。它们是奥丁最为隐秘且得力的秘密侦探。每日破晓，它们便会以极快的速度向着人间各个角落飞去，穿梭(suō)于人声鼎沸的街巷，隐匿(nì)于幽深静谧的山谷，收集人间发生的大小诸事。

①巍峨：形容山或建筑物的高峻。

等夜幕降临，它们便会风尘仆仆地飞回奥丁身旁，停在他的肩头，用只有奥丁能听懂的鸟语，将人间一天的见闻详细地汇报给他。

在奥丁的脚边，还静静蹲着两条威风凛凛的狼，名为吉里与弗(fú)莱基，也有人称它们为猎犬。它们体形壮硕，肌肉线条在光滑的皮毛下若隐若现。作为奥丁的爱兽，它们会为人们带来好运和福祉。无论是谁，如果有幸遇到了吉里和弗莱基，就相当于被幸运女神眷顾，可能在困境中有了转机，可能在迷惘时得到启示。

奥丁最具标志性的武器是一支名为“冈格尼尔”的长矛。这长矛是神圣的，承载着誓言的力量，一旦有人对着这寒光凛凛的矛尖起誓，他的灵魂与命运就像被最坚硬的钢铁铸成的镣铐死死锁住，再也没有挣脱和悔弃的机会。此外，奥丁还拥有一枚神奇的戒指“德罗普尼尔”，这枚戒指小巧玲珑，却是财富的象征，只要它存在，便预示着无尽的繁荣与富足。

北欧人将勇敢奉为无上的美德，把战死视作无上的光荣，他们虔(qián)诚地尊奥丁为胜利及战争之神。在硝烟弥漫、生死相搏的战场上，奥丁是一位勇猛无畏的统帅，他手持那柄长矛，跨上八足神马斯莱普尼斯，身先士卒，冲锋在战斗的最前线。他的眼神中透露出坚定与决绝，那股强大的气场让敌人闻风丧胆、未战先怯。在他的指挥下，阿斯加尔德①的众神就像一支训练有素、配合默契的钢铁之师，他们团结协作，进攻时锐不可

①在北欧神话中，世界被划分为九个国度，分别是诸神的国度阿斯加尔德、人类的国度米德加尔德、巨人的国度约顿海姆、死亡的国度赫尔海姆、冰霜的国度尼福尔海姆、火焰的国度穆斯贝尔海姆、瓦纳神族的国度瓦纳海姆、精灵的国度阿尔夫海姆、矮人的国度斯瓦塔尔法海姆。

当，防守时坚不可摧。奥丁的战术灵活多变，时而正面强攻，时而迂回包抄，让敌人防不胜防。在他的领导与指挥下，阿斯加尔德的众神历经无数次残酷的战斗，赢得了一场又一场辉煌的胜利，成功守护了世界的和平与安宁。

在创造人类的故事中，奥丁同样扮演着至关重要的角色。传说有一天，奥丁与他的几个兄弟维利和伟以及海尼尔、洛多尔在海边漫步时，发现了两棵巨大的梣(chén)树和榆树，它们扎根于大地深处，树干粗壮，枝叶繁茂，灵力充沛。

奥丁看着这两棵树木，伸出手抚摸着梣树的树干，高声说道：“我们可以用这两棵树作为创造人类的材料呀！你们看，这梣树，挺拔峻峭，直指苍穹(qióng)，好像渴望着挣脱凡尘、触及天际；这榆树，无论风雨如何侵袭，都屹立不倒、坚韧不拔。它们的灵性，完全足够了！”

于是，众神以自身为范本，将两棵树雕琢出了人类的轮廓。洛多尔将温热的血液注入树木所化的人形躯体之中，使其肌肤变得红润有

对比阅读

世界各地都有自己的创世神话，尤其是人类诞生的故事。收集这些故事，列表比较，看看这些故事都有哪些相似之处和不同之处。

光泽。海尼尔让这僵硬的躯体有了生命特有的动作和感觉。而奥丁，吟唱起古老的咒语，让灵魂入驻躯体，人类独有的智慧与灵性在这一刻被彻底唤醒。

就这样，世界上第一个男人和第一个女人诞生了，他们分别被命名为阿斯克和恩布拉。

奥丁觉得还是少点儿东西，他思索过后，将掌心的力量注入大地。瞬间，一棵梣树破土而出，转眼便高耸入云，它便是“伊格德拉西尔”，被赋予了宇宙、时间与生命三重意义。伊格德拉西尔的枝叶繁茂，四季常青，吸引着神鹿们穿梭于此。它们仰头咀嚼着树叶，紧接着，鹿角上淌下晶莹剔透的蜜露，一滴一滴，接连不断。这些蜜露最终汇聚成奔腾不息的江河。世间万物都在这江河水的滋养下，焕发出蓬勃的生命力，伊格德拉西尔就此成为新的生命之源。

奥丁为阿斯克和恩布拉创造了适宜的生活环境，在那里，青山连绵起伏，清泉潺（chán）潺流淌，滋养着漫山遍野的花草。奥丁还传授给他们生存的智慧与技艺，他教会了他们辨别可食用的植物与果实，将坚硬的石块打磨成锋利的工具，用来猎杀野兽，以及建造遮风挡雨的房屋。

在奥丁的悉心庇护下，阿斯克和恩布拉辛勤劳作、繁衍生息，他们的子孙后代在这片广袤(mào)[①]大地上扎根、蓬勃生长。

在奥丁的影响下，人类社会逐渐萌生出璀璨的文化与坚定的信仰。人们将奥丁的英勇、慈悲与智慧，编织成一个个动人的传说。这些传说就像火种一样，在部落的篝(gōu)火旁、家族的聚会中，在一双双满怀热忱(chén)的手中传递，永不熄灭。他们对奥丁满怀崇敬与感激之情，在心中将他奉为至高无上的创世者，修建起宏伟庄严的神庙，献上最诚挚珍贵的祭品。这些神庙，不仅是人类精神寄托的圣地，更是文化传承的灯塔，它们傲立在历史的长河中，见证了人类对奥丁无尽的敬仰，以及人类文明在时间洪流中乘风破浪、不断前行，描绘出一幅生生不息的壮丽图景。

①广袤：形容广阔得望不到边际。

探访智慧泉

众神之王奥丁，拥有无上的神力，却只有一只眼睛。在这背后，隐藏着一段感人至深的故事。这故事，要从他对智慧的渴望说起。

奥丁怀着对智慧的强烈渴望，踏入了巨人的王国——约顿海姆，这里山川萧索，怪石嶙峋。但他心心念念的智慧泉，就隐匿在这附近，等待着他的到来。

他摇身一变，幻化成了一个毫不起眼的流浪汉，自称威格坦姆。他身上披着一件破旧的蓝色斗篷，手里拄着一根磨损严重的拐杖，模样十分普通。

在前往智慧泉的路上，奥丁迎面碰上了一个骑着巨型雄鹿的巨人。这头雄鹿体形庞大得超乎想象，鹿角更是让人惊叹，如同粗壮的树枝，疯狂地向四周伸展。

奥丁面带友好的微笑，走到骑着巨鹿的巨人

身边，微微仰头，主动与他攀谈起来。“嘿，兄弟，看你这气度不凡，肯定有个响亮的名号，不知你尊姓大名？”奥丁好奇地问道。

“我叫瓦弗斯鲁德尼尔！”巨人骑在巨鹿上，居高临下地俯视着奥丁，挺直了腰板，扯着嗓子大声答道，“在巨人一族中，我可是以智慧远近闻名，所有的疑难困惑，到我这儿都能迎刃而解！”

奥丁听了这话，不着痕迹地暗自点头，心中默念，果然是他。实际上，他早就听过瓦弗斯鲁德尼尔的大名。这个巨人的智慧高深莫测，无数人不惜跨越千山万水来到这里，只为了得到他的一点儿指点与教诲。然而，想要从这位

巨人智者口中获取知识，谈何容易。过往的传闻中，凡是前来求教的人，都必须接受他那严苛的考验——回答他提出的谜语。这些谜语千奇百怪，角度刁钻，如果答不上来，等待他们的，就是被巨人毫不留情地砍掉脑袋，血溅当场。

点拨

许多民族都有这类探访智慧的故事，一方面说明古人对于智慧的尊敬，另一方面也说明知识在古代社会为一小部分人所垄断。

“我是流浪者威格坦姆，”奥丁不紧不慢地说道，“在漫长的流浪途中，我听闻了太多关于您的事迹。哦，伟大而智慧的瓦弗斯鲁德尼尔，如今有幸见到您，我渴望能从您身上学到宝贵的知识，为我这迷惘的灵魂指引前行的方向。”

巨人听了奥丁的话，原本就咧开的大嘴张得更大了，露出一口参差（cēn cī）不齐的牙齿，哈哈大笑起来，“有趣，有趣！要不咱们来玩一场问答游戏？”巨人兴致勃勃地提议道，“你清楚规则吗？咱们轮流问对方三个问题，如果我答不出你的问题，我的脑袋就任由你处置；要是你答不上我的问题，你的脑袋可就得归我保管喽！哈哈，你准备好了吗？”巨人的语气中充满了自信，好像已经胜券（quàn）

在握，笃定这个流浪汉绝对不是自己的对手。

“我准备好了。”奥丁神色平静地回应道，他将手中的拐杖在地上点了点，发出沉闷的声响。

“那你告诉我，”瓦弗斯鲁德尼尔率先发问，“隔开阿斯加尔德和约顿海姆的那条河流叫什么名字？”

“伊芬，那条河名叫伊芬，”奥丁不假思索地答道，“那里的河水冰冷刺骨，但哪怕在最寒冷的冬季，也神奇地从不结冰。”

“哦，流浪汉，回答正确，”巨人微微一愣，眼中闪过一丝惊讶，不过很快就恢复了常态，接着说道，“但你可别得意得太早，这才只是第一个问题，后面还有更难的在等着你呢。白昼和黑夜，当他们在空中巡游时，骑的马分别叫什么名字？”

“斯京法克斯和赫利姆法克斯。”奥丁再次迅速给出答案，他没有因为答对问题而露出丝毫得意的神情，只是静静地等待着巨人的下一个问题。

听到这个回答，瓦弗斯鲁德尼尔的脸上露出了十分震惊的表情，因为只有诸神和最有智慧的巨人才知道这两个名字，这个流浪汉竟然能这么轻易地回答出来，这让他非常不安。此时，在这个流浪汉提问之前，巨人只剩下最后一个发问的机会了。

“告诉我，”瓦弗斯鲁德尼尔盯着奥丁，眼神中充满了怀疑和警惕[1]，“未来的最后一场大战，将会在哪个平原上打响？”他知道，这个问题至关重要，如果对方再次答对，自己就将陷入极为不利的境地。

“维加德平原，”奥丁语气笃定，“它广阔无边，足足有一百里长，一百里宽。”奥丁在回答时，脑海中浮现出维加德平原的景象，天际线与地平线在遥远的尽头模糊交融，刀光剑影，鲜血如注。他知道，他必须得到更多的智慧，带领众神取得最终的胜利。

接下来，终于轮到奥丁向瓦弗斯鲁德尼尔发问了。奥丁眯起眼睛，以流浪汉威格坦姆的身份问道：“奥丁在他的爱子巴德尔耳边，说的最后一句悄悄话是什么？”

互动

如果你是奥丁，你会问哪个巧妙的问题来表明自己的身份？

巨人瓦弗斯鲁德尼尔听到

①警惕：对可能发生的危险情况或错误倾向保持警觉。

这个问题，像是被雷击中一样，整个人瞬间呆住。他先是难以置信地瞪大了眼睛，随后迅速从鹿背上一跃而下，围着奥丁上下打量起来。“只有奥丁自己知道，他最后和巴德尔说了什么，也只有奥丁自己会问出这个问题。”巨人喃喃自语道，“哦，流浪汉，你根本不是什么普通人，你就是奥丁！很抱歉，我实在无法回答你的问题，这超越了我的认知范围。”

“既然如此，”奥丁神色冷峻，“如果你还想保住脑袋的话，就回答我这个问题：如果从智慧泉中取一口水喝，究竟要付出怎样的代价？”

“它会要你的右眼作为代价，哦，奥丁。”瓦弗斯鲁德尼尔无奈地叹了口气，肩膀下垂，非常沮丧和绝望。

“一定要付出如此沉重的代价吗？”奥丁犹豫地说道，他渴望得到智慧，但也害怕失去右眼。

“没错，它可不会跟你商量。这是智慧的交易，没有人能够改变。许多人都曾向密米尔[1]讨水喝，但没有人肯付出相应的代价。哦，奥丁，我已经

①密米尔：北欧神话中的巨人，智慧泉的主人。

回答了你的问题，放我走吧，千万别要我的脑袋了。”巨人几乎是带着哀求的语气说道，像是一个即将被判处死刑的犯人在苦苦求饶。

“好，我饶你一命。”奥丁沉默了好一会儿，眉头紧蹙（cù），发话道。

于是，瓦弗斯鲁德尼尔，这位巨人中的智者，如获大赦（shè），手脚麻利地跳上巨鹿。原本威风凛凛的巨鹿，好像感受到了主人的慌乱，不等巨人催促，便撒开四蹄，朝着远方狂奔而去。眨眼间，它的身影就消失在了茫茫荒野的尽头。

密米尔这口泉水索要的代价实在太过高昂，众神之王奥丁得知后，也陷入了深深的困扰之中。他下意识地抬手摸了摸自己的右眼，那可是他身体的重要一部分啊！一旦失去，他的右眼只能永远陷入黑暗之中！想到这里，奥丁心中一阵刺痛，他甚至差点儿转身朝着阿斯加尔德的方向走去，就此放弃对智慧的追求。

奥丁神情恍惚地向前走着，思绪混乱如麻，脚步也杂乱无章。他既没有朝着阿斯加尔德的方向前进，也没有去往智慧泉。

他一路向南，漫无目的地前行，直至来到了

穆斯贝尔海姆。刚踏入这片土地，他就看到了苏尔特尔[1]，只见他手持火焰之剑，好像随时都能将世界焚烧殆尽。随后，奥丁又转身向北前行，一路上，狂风呼啸，震耳欲聋，那是赫瓦格密尔发出的声响。那里是一片黑暗的极寒之地，世间所有的寒冷与绝望都汇聚于此。

奥丁心中猛地一震，他突然清醒地意识到，绝不能让世界落入苏尔特尔手中，也绝不能任由它被极寒之地吞噬。作为众神之王，他肩负着无比沉重的使命，必须赢得智慧，才能拯救这个世界，拯救世间的生灵。

奥丁不再犹豫，他挺直了身躯，朝着智慧泉的方向大步走去。

思辨

你认为作为众神之王的奥丁应该犹豫吗？为什么取得智慧应该付出这么沉重的代价呢？

泉水隐匿于伊格德拉西尔那巨大的树根下方，这条树根深深扎入了巨人的王国约顿海姆。

密米尔，这位智慧泉的守护者，静静地坐在

①苏尔特尔：穆斯贝尔海姆的统治者，火焰巨人，他以巨大的火焰之剑“暮光之剑”闻名，曾与奥丁交战。苏尔特尔想要燃烧阿斯加尔德，最终被奥丁等神设法阻止。

泉边。他的身材高大雄伟，眼神深邃冷峻，好像深不见底的寒潭，洞悉世界上所有秘密。

密米尔抬眼，目光穿透雾气，正好瞧见奥丁走来，他即刻知道了他的身份。“奥丁，众神之王，你为何来到这里？”密米尔微微颔(hàn)首。

奥丁摘下帽子，以同样庄重的姿态向智者密米尔表达了敬意。“密米尔，我听闻这智慧泉的力量，能让人看清命运的轨迹和万物的奥秘。我想从你的泉中取一口水喝，以增强我的智慧，如此我便能带领世间生灵，避开诸多灾祸。”奥丁直言道。

“这智慧泉的泉水，岂是那么容易就能得到的？想要得到它，必须付出相应的代价。”密米尔盯着奥丁，“这么多年，没有人在听到获取智慧的条件后，还敢再向前走一步。那么你呢，众神之王，真的做好准备了吗？愿意付出沉重的代价吗？”密米尔的身体前倾，给奥丁带来无形的压迫感。

“好，我愿意献出我的一只眼睛，我甘愿承受这代价，密米尔。”奥丁的声音铿(kēng)锵(qiāng)有力，已经做好了迎接一切挑战的准备，无论这代价多么沉重，他都决不退缩。

密米尔见奥丁如此坚定，点了点头。他弯下庞大的身躯，伸出那只如同树干般粗壮的手臂，用一个刻满神秘符文的杯子舀出泉水，递给了奥丁。“喝下它，奥丁。从这一刻起，你所知晓的，将远超常人，可这也意味着，你将背负起更多常人难以想象的痛苦与责任。”

奥丁将杯子中的泉水一饮而尽，一股磅礴的力量在他的身体中横冲直撞。

在这股力量的冲击下，奥丁的脑海中像走马灯一样，以极快的速度浮现出无数或模糊或清晰的景象。他看到了诸神的黄昏①，那片被末日阴影笼罩的恐怖天地。在那场注定无法避免的灭世浩劫中，诸神与人类都被卷入命运的旋涡，烈火将天空燃成一片血海，洪水覆盖了世间的每一寸土地，秃鹰在空中贪婪地盯着下方的死尸。但他同时也看到了诸神与人类，以无畏的姿态直面这无尽的苦难，在经历了无数次的生死较量后，他们

①诸神的黄昏：北欧神话中关于世界末日和众神灭亡的预言，整个世界会在火焰与洪水中毁灭，天地万物都归于虚无。但这也是关于重生与希望的故事，一个新的世界会在废墟中重建。

成功战胜了那带来恐惧、悲伤与绝望的邪恶势力。黑暗逐渐退去，阳光穿透云层，光明再度毫无保留地洒满大地，照亮了满目疮(chuāng)痍(yí)的世界，给予世间万物重生的希望与力量。

奥丁放下已经空了的杯子，短暂的沉默后，他抬起自己的右手，朝着右眼伸去。他脸上的肌肉紧绷，因用力和剧痛而扭曲变形，额头的汗珠滴落在脚下的土地上。但他强忍着这钻心的疼痛，愣是没有发出一点儿抱怨或呻吟，只有那急促的

呼吸声，让我们感受到他正在承受的痛苦。

他挖出自己的右眼后，用那宽大的斗篷遮住了半边脸。一直在旁边注视着的密米尔伸出手，接过那只眼睛，将它投入神秘的智慧泉中。那眼睛慢慢下沉，最终消失在蓝色的幽光之中。

“你已拥有了智慧，奥丁。但这智慧如同一把双刃剑，带来的不只是远见，还有沉重的负担。”密米尔的声音再次响起。

奥丁坚定地说道：“我既已选择，就不会退缩。这智慧将成为我守护阿斯加尔德与世间生灵的利刃。”

密米尔拍了拍奥丁的肩膀，欣慰地说道：“去吧，众神之王。带着你的智慧，去面对即将到来的风暴。希望你能善用这份力量。”

奥丁沿着蜿蜒(wān yán)①曲折的小路渐渐远去，向着充满挑战的命运征程昂首阔步，狂风吹过他的长发和胡须，夕阳的余晖将他的身影拉得很长很长。未来或许险象环生、危机四伏，但奥丁要用自己的智慧与勇气披荆斩棘(jí)，为世界开辟出一条光明的坦途。

---

①蜿蜒：指山脉、河流、道路等弯弯曲曲地延伸的样子。

青春女神和她的苹果

一

> **任务**
>
> 苹果在西方的故事中时常出现，你还能列举其他的“苹果”故事吗？试着和这篇故事做对比阅读，看看苹果都有哪些魔力。

在遥远的阿斯加尔德，众神的国度里，有一座美丽的花园。花园的正中央是一棵神奇的苹果树。树上的苹果闪闪发亮，像是夜空中的星星。正是这些苹果，维系着阿斯加尔德众神长生不老的秘密，让他们永葆青春。

美丽善良的青春女神伊敦恩（yī dūn）每天都会摘下那一个个饱满圆润的苹果，把它们放进自己的篮子里。众神则围坐在花园的石桌旁，品尝着伊敦恩递过来的苹果。

突然有一天，众神像往常一样来到花园，却发现伊敦恩连同她的篮子，以及篮子里的苹果，都消失得无影无踪。

这个变故，还要从奥丁带上洛基在人间游历说起。

二人一路穿越山川河流，来到了约顿海姆的边境。这里荒凉死寂，大地干涸龟(jūn)裂，狂风呼啸而过，没有一丝生机，更找不到任何能果腹的食物。

洛基皱着眉头，满脸嫌弃与抱怨，扯着嗓子对奥丁说道：“奥丁，瞧瞧这鬼地方，连个能塞牙缝的食物都找不到，难道我们还真要在这荒郊野岭饿着肚子吗？”他夸张地拍了拍自己饿得咕咕直叫的肚子。

奥丁没有理会洛基的抱怨，平和地说道：“洛基，不要急躁，再找找看，说不定能有意外收获。”

洛基嘴里不停地嘟囔着，不情愿地继续四处张望。他的眼睛突然亮了起来，他兴奋得几乎要跳起来，指着远处说：“快看呐！那儿竟然有一群野牛！”说着，他蹑手蹑脚地朝着牛群靠近，生怕惊动了这来之不易的“美食”。等到靠近一头小牛后，他迅速抽出腰间的匕(bǐ)首，干净利落地宰杀了小牛，得意扬扬地扛着战利品，回到奥丁身边。

洛基将小牛重重地扔在地上，搓了搓手，开始准备生火烤牛肉。他忙前忙后，一会儿猫着腰捡来干枯的树枝，一会儿又蹲在地上摆弄着火石，折腾了整整一天。然而，那牛肉丝毫没有熟透的迹象，依旧血淋淋的。

奥丁无奈地说道："洛基，这肉怕是被巨人施了法，用寻常的方法，很难把它烤熟。"

洛基听后，不甘心就这样放弃。于是，他继续在火堆前忙碌了一整夜，不停地往火里添柴，调整火候，只想着填饱自己的肚子。

二

第二天早上，一只巨鹰在他的头顶上空盘旋。它的翅膀宽阔得像是两片遮天蔽日的乌云，每一次扇动都掀起一场小型的沙尘暴。

巨鹰一眼就瞅见了地上那还没烤熟的牛肉，发出一道充满嘲讽的惊呼："你这个蠢货，连一块肉都烤不熟？真是让人笑掉大牙！罢了罢了，看你可怜，我来帮你烤。不过，等肉烤好之后，你可得分我一份。"

洛基正为这些肉心烦意乱，听到巨鹰的话，

他暴跳如雷，不耐烦地回怼（duì）道：“行了行了，少啰嗦！你如果真有本事，就赶紧动手，别在这儿瞎嚷嚷，吵得我脑袋都要炸了！”

巨鹰也不生气，它降落到火堆上方，猛地抖动双翅，瞬间将火堆里的火苗吹得熊熊燃烧起来。火焰在狂风的助力下，迅速蹿高，发出噼里啪啦的声响。不一会儿，牛肉就散发出诱人的香气，吱吱冒油，让人看了垂涎（xián）欲滴。

巨鹰见状，毫不客气地享用起牛肉来。它用锋利的爪子抓着肉块，利喙（huì）像闪电一样啄下。它狼吞虎咽，喉咙不断滚动，很快，好几块肉就进入了它的肚子里。

洛基眼睁睁地看着自己辛苦弄来的牛肉就要被它吃完了，脸色越来越难看。终于，当巨鹰伸出爪子去抓最后一块肉时，洛基积攒的怒火彻底爆发。“你这贪婪的家伙！”洛基怒吼一声，用手抄起一旁用来拨弄火堆的杆子，朝着巨鹰狠狠刺去。

只听“哐当”一声，像是两块巨石撞击发出的巨响。洛基被震得手臂发麻，差点儿站立不稳。他定睛一看，那杆子竟然直直地插在了巨鹰那结实的胸前。巨鹰只是轻蔑地瞥(piē)了洛基一眼，嘲笑他的不自量力。

洛基还没来得及从震惊中缓过来，巨鹰那爪子就已经死死地钳住了他的双肩。他的身体腾空而起，双脚离地的瞬间，他惊恐地瞪大了双眼，“放开我，你这可恶的巨鹰！”洛基声嘶力竭，但他的呼喊在狂风中被扯得支离破碎。

巨鹰带着洛基朝着巨人的国度飞去，“洛基，你这狡猾的家伙。”巨鹰边飞边恶狠狠地叫嚷道，“你之前耍阴招，害得我兄弟白白为阿斯加尔德修建城墙，受尽了屈辱。今天，风水轮流转，你终于落到了我的手里。听好了，我可是巨人国大名鼎鼎的夏基！”洛基无助地被狂风和巨鹰摆布。

不知飞了多久，洛基只感觉自己在狂风中被颠得七荤(hūn)八素[①]。

终于，巨鹰来到一片冰原上空，没有预兆地松开了爪子，将洛基像扔垃圾一样丢了下去。洛基重重地摔在冰冷坚硬的冰原上，他感觉自己的五脏六腑都被震碎了，在冰面上挣扎着翻滚了几圈。

---

①七荤八素：形容心神紊乱，糊里糊涂。

就这样，洛基在这冰天雪地中熬过了漫长的一天一夜。他瑟缩在冰面的一角，身上已经覆盖了一层薄薄的冰霜，头发和眉毛也结了冰碴(chá)，远远望去，像是一尊被遗弃的冰雕。

第二天，夏基[①]居高临下地看着洛基，嘲讽地笑着，“你可以离开这鬼地方，但天下可没有白吃的午餐，你必须付出相应的代价。我可瞧不上那些庸俗的钱财，我要的，是伊敦恩篮子里的那些苹果。你得想办法把她引出阿斯加尔德城墙，明白了吗？”

洛基躺在冰面上，冻得嘴唇发紫，身体不停地打着哆嗦，求生的本能让他强撑着做了决定。他艰难地点了点头，声音颤抖得厉害，几乎是从牙缝中挤出几个字：“好……好，我答应你。但你必须保证，我能安全回到阿斯加尔德。”

夏基嘴角上扬，踢了洛基一脚，“哼，只要你能把这事儿办得妥妥当当，放你走当然不是问题。要是你敢耍什么花样，这冰原就是你的葬身之地！”

---

①夏基：当巨鹰变成了巨人的形态，在这篇故事中就改用“夏基”。

三

洛基怀着忐忑不安的心情，拖着疲惫不堪的身躯，一步一步挪回了阿斯加尔德。在花园一处偏僻的角落，他终于找到了伊敦恩。

洛基强装出一副神秘兮兮的模样，快步走上前去，故作玄虚地说道："伊敦恩，你可知道，我昨天在外面的世界有了惊人的发现！有一种神奇的苹果，比你篮子里的苹果不知道要闪亮和香甜多少倍！"说着，他还夸张地闭上眼睛，做出一副沉醉其中的表情。

伊敦恩抬头看向洛基，失落地说道："真的吗？洛基，真的有更神奇的苹果吗？你不会又想捉弄我吧？"

洛基见伊敦恩有些动摇，急切地说道："伊敦恩，我这次可绝对没有骗你！就在阿斯加尔德城墙外边不远的地方，真的有那样神奇的苹果！你只要去看一看，就会相信我的话。"

犹豫再三，伊敦恩还是来到了城墙边。但她刚踏出城墙，就被一双强有力的爪子抓住了肩膀。她惊恐地尖叫起来，"洛基，你骗我！"

巨鹰抓着伊敦恩，一路疾飞。风声在耳边呼

啸，伊敦恩只觉得天旋地转，心中的恐惧不断翻涌、上涨。不多时，巨鹰在一个黑黢(qū)黢的洞穴前停了下来。

刚一进入洞穴，夏基就野蛮地夺过伊敦恩护在怀中的篮子。当他那粗糙的手触碰到苹果的瞬间，奇异的事情发生了。原本富有光泽、饱满多汁的苹果，瞬间失去了所有水分，果肉萎缩塌陷，果皮干瘪(biě)褶皱，一下子从生机勃勃的鲜果变成了一堆腐朽之物。

夏基见状，眉头拧成了疙瘩，他愤怒地将手中的苹果重新扔回篮子，又恶狠狠地将篮子摔在地上。他凑近伊敦恩，咬牙切齿地说道：“哼，原来只有你亲手递出苹果，它们才会有魔力。你这小丫头，最好给我乖乖听话，每天按时给我拿出苹果，否则，我会让你在这暗无天日的洞穴里，生不如死！”他的威胁在洞穴内回荡，震得伊敦恩的耳朵嗡嗡作响。

伊敦恩吓得瑟瑟发抖，但她始终牵挂着阿斯加尔德的众神。她知道，如果众神一直吃不到苹果，衰老的厄运必将降临。她下定决心，一定要想办法把消息传递出去，不能让众神陷入绝境。

四

与此同时，在遥远的阿斯加尔德，众神的心情就像阴沉的天气一样压抑。弗丽嘉看着镜子中那张布满皱纹的脸，满头干枯毛糙的金发，不敢相信这就是自己。奥丁的身躯开始佝偻(gōu lóu)，步伐迟缓沉重，那只独眼也变得浑浊黯淡。众神心急如焚，找遍了人界，但伊敦恩就像人间蒸发了一样，没有留下一点儿踪迹。

就在这时，奥丁的两只神鸦飞了回来，稳稳地落在他的肩头。奥丁闭上眼睛，集中精神，聆听神鸦传递来的信息，他原本紧锁的眉头拧得更紧。片刻后，他睁开眼睛，愤怒地开口说道："原来是巨人夏基，这个贪婪无度的家伙，觊(jì)觎(yú)我们的苹果已久。他竟然如此卑鄙，利用洛基，设计骗走了伊敦恩。"

雷神索尔站在一旁，听到这番话，像一头被激怒的雄狮，一把擒住洛基的衣领，将他整个人提了起来。"洛基！你居然做出如此大逆不道之事！阿斯加尔德因为你而陷入危机，伊敦恩也被你害得不知踪影！你必须独自前往约顿海姆，想尽一切办法，从巨人手中救出伊敦恩。如果你办不到，我一定会让你承受最严厉的刑罚，绝不轻饶！"

洛基吓得脸色苍白，他知道自己犯下了不可饶恕的错误，如今面对索尔的怒火，只能拼命求饶。"索尔，你先放开我，我知道错了！"洛基带着哭腔说道，"我这就去约顿海姆，我向你保证，拼了命也会把伊敦恩带回来。求你再给我一次机会。我……我再也不敢了。"

洛基向众神之后弗丽嘉借来了鹰之羽衣，连连道谢："多谢女神，我洛基在此发誓，一定会竭尽全力救回伊敦恩。"他披上羽衣，双腿变成了鹰爪，双臂化为宽大的翅膀，身体覆盖上了一层油亮的羽毛，成功化身为一只矫健的猎鹰。

洛基振翅高飞，来到了约顿海姆的上空。这片土地荒芜而寒冷，到处都是高耸的冰山和险峻的山脉。他不断盘旋，终于锁定了一个隐蔽的山洞，他的心跳不由自主地加快，他有一种强烈的预感，伊敦恩很可能就被困在这里。

五

洛基进入幽深昏暗的山洞，洞内弥漫着潮湿腐朽的气息，寒意如蛇般蜿蜒攀爬，沿着他的脚踝(huái)一路向上。洛基眯着眼，在这昏暗中艰难地搜寻着，终于，在洞穴最隐蔽的角落里，发现了伊敦恩。伊敦恩蜷缩在那里，身形单薄得就像一片飘零的落叶，脸颊消瘦得近乎凹陷，干裂的嘴唇微微张开。

洛基非常愧疚，脚步不自觉地加快，向着伊

敦恩奔去，声音也下意识压低，但又不敢直视她的眼睛，诚恳地说道：“伊敦恩，别怕，我是来救你的。我们现在得赶紧逃离这鬼地方！”洛基急忙扶起伊敦恩，想要趁着夏基外出，悄无声息地溜出山洞。

终于，他们踏出了山洞，阳光洒在身上，此刻却因恐惧变得冰冷。两人刚迈出几步，就看见巨鹰向他们俯冲而来。

“快跑！”洛基大喊一声，和伊敦恩拼命向阿斯加尔德飞去。他们的翅膀因过度用力而酸痛不已，体力也在飞速流逝，汗水湿透了脊背。

而巨鹰飞行速度极快，就像一颗黑色的流星，撕裂空气，迅速向他们逼近。“你们这两个小崽子，想从我手中逃脱，简直是白日做梦！”

此时，阿斯加尔德的城墙上，众神神情肃穆，正焦急地守望。突然，一位目力超群的神指着天空喊道：“看！那是洛基和伊敦恩，后面追着的是夏基！”

奥丁立刻喊道：“快，诸神听令，升起烈火屏障，绝不能让夏基踏入阿斯加尔德半步！”

众神纷纷集中起自己的神力，一道绵延不绝

的烈火屏障在城墙上迅速升起，那火焰跳跃着、咆哮着，形成一道坚不可摧的防线，映红了整个天空。

当飞到烈火屏障前，洛基毫不犹豫地将伊敦恩护在自己的羽翼下。在穿越火墙的瞬间，洛基只觉得好像置身于火炉之中，皮肤被烤得生疼，羽毛也散发出焦煳(hú)的味道。但他咬紧牙关，双翅紧紧地包裹着伊敦恩。终于，他们成功穿越了烈火屏障，安全抵达了阿斯加尔德的上空。

而此时，夏基也来到了火墙跟前，他的双眼因狂怒而布满血丝。他怎能容忍已经到手的猎物

就这样从自己眼皮子底下逃脱，于是不顾一切地朝着火焰扑击过去，想要强行穿过这道防线。然而，当他的身体接触到火焰时，炽(chì)热[1]的火苗将他的羽毛瞬间点燃，橘红色的火焰顺着他的羽毛迅速蔓延。他拼命地挣扎着，想要摆脱火焰的纠缠，但一切都是徒劳。

夏基身上的火焰越烧越旺，将他的身体完全吞噬，只见一个被火焰包裹的身影在半空中痛苦

---

①炽热：形容非常热。

地扭动。他的身体开始不受控制地摇晃。最终，在这无尽的痛苦与绝望中，他失去了平衡，庞大的身躯从城墙上直直地跌落下来。他重重地摔在地上，发出沉闷而巨大的撞击声，扬起大片的尘土。就这样，夏基结束了他罪恶的一生。

六

任务

洛基是这篇神话的主要人物，读完故事，你能发现洛基的成长和变化吗？试着将主要情节和洛基的性格梳理出来吧。

伊敦恩看向洛基，诚挚地说道："洛基，谢谢你这次救了我。"洛基不好意思地挠了挠头，愧疚地说道："伊敦恩，你别这么说。当初我鬼迷心窍，被夏基那家伙胁迫，做出了伤害你的事，把你救回来，也不过是稍稍弥补我犯下的过错。真的对不起你。"

伊敦恩努力平复着内心翻涌的情绪，向花园走去。那棵神奇的苹果树像是一位忠诚的守护者，依然矗立在花园中央，每一片叶子都像是在诉说着对伊敦恩深沉的思念。伊敦恩慢慢走到树下，像从前无数次做过的那样，伸手摘下一个个圆润、鲜亮的苹果，放入一旁的篮子里。

随后，伊敦恩端着装满苹果的篮子，来到了众神聚集的广场。众神早已翘首以盼，他们的目光齐刷刷地聚焦在伊敦恩身上。弗丽嘉接过苹果，激动地握住伊敦恩的手说：“伊敦恩，你可算平安回来了，这些日子我们度日如年，每一天都在盼着你归来，大家都太想你了！”伊敦恩回以一个温暖而灿烂的微笑，“弗丽嘉，快尝尝苹果，希望能让你恢复往日的美丽。”

众神吃下苹果后，衰老的面容渐渐焕发出光彩，黯淡的双眸(móu)重新变得明亮清澈。索尔兴奋地活动了一下筋骨，感受着体内重新涌动的力量，激动地挥舞着雷神之锤，爽朗地放声大笑，“哈哈，这熟悉的力量又回来了！阿斯加尔德的敌人，准备颤抖吧！”奥丁也吃下苹果，他那佝偻的身躯逐渐挺直，他扫视着活力满满的众神，满意地说道：“阿斯加尔德终于恢复如初了，这一切都多亏了伊敦恩，我们的青春与希望又回来了。”

随着苹果的魔力在众神体内发挥作用，整个阿斯加尔德都被注入了一股强大而蓬勃的活力。

阳光更加明媚耀眼，微风轻柔地拂过，带来沁(qìn)人心脾的花香。伊敦恩站在一旁，饱含温柔与爱意地凝视着眼前这充满生机的一切。阿斯加尔德的和平与美好又回来了，而她也将继续守护着这棵神奇的苹果树，守护着诸神的青春与希望，让阿斯加尔德的荣耀与安宁永远地延续下去。

中亚与阿拉伯神话

长角鹿母

一

在遥远的北方，艾涅(niè)塞河像一条蜿蜒的巨龙，静静流淌，诉说着古老的故事。河岸边，吉尔吉斯族的圆顶帐篷错落有致地排列着。清晨的炊烟和羊奶的香气交织在一起，袅(niǎo)袅升向澄澈的天空。

吉尔吉斯族长久以来以狩猎和放牧维持生计，

他们相信万物皆有灵性，秉持着对自然的敬畏之心，与大自然和谐共生。

然而，这片土地上并非只有吉尔吉斯族，许多其他民族也在此扎根，各据一方。他们之间存在着浓烈的敌意，常常为了争夺土地、水源和猎物而爆发冲突。每当旱季来临，战争的硝烟就像草原上的野火一样四处蔓延，难以遏(è)制。折断的箭矢(shǐ)埋进泥土，死敌的鲜血渗入河流。

这天，吉尔吉斯族的男女老少齐聚在河岸，他们正忙碌着为吉尔吉斯族的老首领送葬。老首领是一位睿智而勇敢的长者，他带领族人度过了无数艰难的岁

月。葬礼的场地设在村落的中心，松脂火把将桦树皮照得发亮，老首领躺在祭坛的正中央，身上盖着一条绣满云朵图案的羊毛毯，周围摆放着各种祭品，有猎物的皮毛、新鲜的果实和珍贵的饰品。族人们围坐在四周，低声吟唱着古老的挽歌，表达对老首领的敬意和怀念。

然而，就在族人们完全沉浸于哀伤的氛围时，一场灾难正悄然降临。远处的山丘上，隐隐约约出现了一片黑压压的影子，那是敌人的军队。他们悄无声息地包围了整个部落，如同一群潜伏的野兽，等待着猎物自投罗网。

就在敌人即将发动攻击的前一刻，老首领火葬的柴堆还在冒烟，灰烬里突然腾起十二只乌鸦。它们在空中盘旋着，尖锐的喙一张一合，发出凄厉而急促的鸣叫："大祸临头！大祸临头！

"快，别让一个人跑掉！给我杀！"敌人的首领凶神恶煞地挥舞着手中的长剑，脸上带着嗜(shì)血的狂热。

转眼间，几百个举着火把的敌人如潮水般涌进了部落，鲜血瞬间染红了大地，空气中弥漫着令人作呕的血腥味和焦煳味。吉尔吉斯族的族人们惊慌失措，但他们骨子里的勇敢与坚韧让他们没有轻易屈服，尽管知道敌众我寡，还是试图抵抗这群残暴的侵略者。新任族长紧握手中的弯刀，竭力地呼喊着：“勇士们，为了我们的部落，为了我们世代守护的家园，拼了命也要抵抗到底！我们绝不能让这些强盗得逞！”

面对如狼似虎的敌人，吉尔吉斯族的勇士们渐渐感到力不从心。鲜血不断流淌，哀号此起彼伏[①]。许多族人在混乱中被敌人的利刃刺穿身体，有些人被逼无奈跳进了冰冷的艾涅塞河，希望在河中寻找逃生的机会，却在滚滚波涛中溺亡，只留下一圈圈渐渐散去的涟漪。帐篷熊熊燃烧，一切都在瞬间化为灰烬。

部落已经被敌人占领，变成了一片废墟，破碎的瓦砾、烧焦的木头散落一地，族人们四散奔逃，却发现无论逃到哪里，都无法摆脱敌人的追杀。阿米尔和萨娜躲在一棵粗壮的大树后面，身体不停地颤抖着，惊恐地看着眼前的一切。他们因为在森林里玩耍，才逃过了这场突如其来的浩劫。

---

①此起彼伏：这里起来，那里落下，表示连续不断地起落。

二

敌人满载着战利品扬长而去。许久，阿米尔和萨娜才从那棵庇护他们的大树后探出脑袋。此时，他们的心中只有一个无比坚定的念头：报仇雪恨。

“萨娜，我们不能就这样放过他们，一定要让这些浑蛋血债血偿！”阿米尔咬着牙说。

萨娜的泪水在眼眶里打转，回应道：“没错，为了死去的族人，为了让他们能够安息，我们必须报仇，绝不能让他们白白丢了性命。”

于是，两个年幼却勇敢的孩子，穿过那仍在燃烧的部落废墟，跨越被族人鲜血染红的河流，向着敌人离开的方向追去。

他们循着敌人留下的马蹄印，不知疲倦地追踪了七天七夜。每一夜，萨娜都会在深夜从噩梦中惊醒，喃喃问道：“阿米尔，你说，我们真的能成功报仇吗？”阿米尔总是毫不犹豫地将她抱住，“萨娜，别害怕，我们一定可以的！那些坏蛋一定会为他们做的事付出代价。”

第七天黎明，他们终于望见了敌人营地的黑烟。他们的心跳陡然加快，既紧张又兴奋，报仇的时刻似乎近在眼前。阿米尔的手颤抖着，迅速掏出怀中的打火石，准备点燃敌人的帐篷，打他们一个措手不及。

然而，六条体形庞大、面目狰狞（zhēng níng）[1]的大狼狗，从茂密的草丛中猛然蹿出，张牙舞爪地朝着他们扑了过来。阿米尔和萨娜还没来得及做出任何反应，就发现自己已经被一群敌人团团围住。敌人脸上挂着嘲讽的冷笑，将他们逃跑的路彻底堵死。

“嘿，瞧瞧这是啥？两个不知死活的小崽子，竟自己送上门来啦！”一个刀疤脸的家伙一把揪住阿米尔的后领子，跟拎小鸡似的，把他晃来晃去，阿米尔的双脚在半空徒劳地扑腾着，模样狼狈又无助。

萨娜见状，哪还顾得上害怕，不顾一切地朝着刀疤脸冲过去，嘴里大喊着：“放开他！”可还没等她靠近，一只粗壮的手臂从旁边伸过来，轻而易举地将她抓住。

“还想报仇？真是白日做梦，天真得可笑！可

---

①狰狞：形容面目凶恶。

汗最爱听你们这种小崽子的尖叫声了，到时候，有你们好受的。”敌人嘲笑着，将他们押到了可汗的帐篷前。

帐篷顶那插着的染血的鹰羽，在风中猎猎作响，好像在炫耀着曾经的血腥杀戮（lù）[①]。帐篷内，可汗坐在帐篷中央，正百无聊赖地把玩着一根磨得尖锐的兽骨。他看到被押上来的两个孩子，冷笑道：“你们这两个小崽子，居然敢跟踪我们？想报仇？”

阿米尔愤怒地抬起头，双眼瞪着可汗，那眼神好像要将对方生吞活剥，大声质问道：“你这个坏蛋，为什么要伤害我们的族人？”

“哼！”可汗满脸不屑，将兽骨重重地拍在身旁的矮桌上，“吉尔吉斯族占着那片肥沃的土地，挡了我们的路，自然得被消灭。至于你们俩，也别想活着离开。”可汗把酒杯摔在萨娜脚边，酒水溅得到处都是，萨娜吓得身体一颤，往后缩了缩。“麻脸婆，把这两个小崽子带到艾涅塞河最高的悬崖上，扔下去喂鱼，我要让鱼群把他们的骨头都

①杀戮：杀害，屠杀。

啃得干干净净！”

麻脸瘸婆婆一瘸一拐地带路，她背上那一道道旧鞭痕，纵横交错，像一条条丑陋的蜈蚣趴在背上。她目光复杂地看着两个孩子，嘴唇动了动，声音低得像蚊子嗡嗡叫：“孩子，不是婆婆心狠，婆婆也没办法啊，可汗的命令婆婆不敢违抗，要是不听他的，婆婆也得遭殃。”

就这样，麻脸瘸婆婆带着两个孩子，来到了艾涅塞河边一处高高的悬崖上。风呼呼地吹着，河水在下面轰隆隆翻滚。

阿米尔和萨娜恐惧地握住彼此的手，手心里全是汗水，但他们没有哭，挺直脊梁，倔强地直视着麻脸瘸婆婆。

麻脸瘸婆婆咬咬牙，双眼一闭，举起骨杖要推他们时，一个神秘的声音突然响起。

“住手！”

三

麻脸瘸婆婆被这突如其来的声音惊得浑身一颤，手中的动作也停了下来。她惊愕地转过身。

一头硕大的母鹿不知何时站在了身后。这母鹿浑身雪白无瑕，在日光的照耀下，那洁白的皮毛就像披着一层银纱，随着它呼吸，泛起珍珠般温润的光晕；而她珊瑚般的鹿角，像挂满星星的树枝，每根分叉都闪着柔和的金光。

“你……你是谁？”麻脸瘸婆婆惊讶地问道。

长角鹿母温和地开口：“我是长角鹿母，这片森林世世代代的守护者。婆婆，放了这两个无辜(gū)的孩子吧。”它的声音轻柔却充满力量，在这风声呼啸、河水轰鸣的悬崖边，清晰地传入每个人的耳中。

麻脸瘸婆婆皱起眉头，露出为难与纠结的神情，“放了他们？可他们是吉尔吉斯族的孩子，可汗下了命令，我不能违抗，否则……”她的声音越来越低，后半句被恐惧硬生生地堵了回去。

“去年秋天，猎人在河边射死了我的双胞胎小鹿——它们那时甚至还没来得及学会咀嚼鲜嫩的青草，小小的蹄子依旧是可爱的粉红色。”长角鹿母说话时，身上的绒毛飘起细雪，肋(lèi)部两道深深的伤疤显露出来，“我会把他们两个当成我的孩子。”

麻脸瘸婆婆冷哼一声，“鹿母，你不了解人类，他们长大后只会伤害小鹿。”

长角鹿母却坚定地摇了摇头，“不，婆婆，我相信他们。我从他们的眼神中，看到了如同我那对小鹿般的纯洁与坚定。只要给他们机会，他们可以成为这片森林的守护者，就像我一样，守护这片土地上的每一个生命。”

阿米尔和萨娜听到长角鹿母的话，心中涌起一股暖流，两人下意识地对视一眼，他们的手在背后紧紧相握。萨娜鼓起勇气，率先小声说道：“长角鹿母，您放心，我们发誓，绝对不会伤害您，也不会伤害这片森林里的任何生命。我们一心只想保护我们的族人，守护这片养育我们的土地，让它永远安宁祥和。”

麻脸瘸婆婆陷入了长久的沉默，偷偷打量着眼前的长角鹿母，最终妥协地叹了口气，“罢了罢了，既然你执意如此，我也不再阻拦。但你要想清楚，人类的世界和你们的世界是不同的。说不定哪天，他们长大了，被世俗蒙蔽了双眼，便会将今日的承诺抛诸脑后。”

长角鹿母那灵动的耳朵轻轻抖动了一下，仔细聆听麻脸瘸婆婆的每一个字。“婆婆，我知道，但我愿意冒险。我会让他们远离仇恨和战争，开始全新的生活。”长角鹿母微微点头表示感谢，然后转过头，看向阿米尔和萨娜，温柔地说：“孩子们，跟我来吧，我带你们去一个遥远的地方——伊塞克。在那里，没有战火硝烟，没有纷争仇怨，那会是你们全新的家园，一切都将重新开始。”

阿米尔和萨娜用力地点点头，跟着长角鹿母，一步一步朝着未知的远方走去。而麻脸瘸婆婆独自坐在悬崖边，望着他们离去的背影，直到夕阳把她的头发染成金红色。

四

他们的脚步从未停歇，身后的故乡艾涅塞在视野中渐渐模糊，那熟悉的山川、河流、草原，最终化作远方若有若无的一抹青烟。而新的家园伊塞克，仍在遥不可及的地方等待着他们。在这漫长的旅途中，时间似乎失去了原有的刻度，变得不再重要，他们经历了无数个冬夏与春秋，见证了四季的更迭与大地的变迁。

他们穿过了沉睡的森林，古老的树木高大挺拔，繁茂的枝叶层层叠叠，阳光只能透过缝隙洒下斑驳的光影。他们又踏入了酷热的草原，热浪扑面而来，让人几乎窒息，又高又密的草在风中摇曳，像是一片绿色的海洋，掀起重重波浪。他们还遇到了湍急的溪流和陡峭的悬崖，让人望而生畏。残暴的野兽在暗处虎视眈（dān）眈，带箭的猎人随时可能出现。每一次面对危险，长角鹿母总是毫不犹豫地挺身而出，用自己的身体护住两个孩子，为他们遮风挡雨。

当他们终于抵达对岸时，温暖的阳光如同轻柔的手指，抚摸着他们疲惫却又充满期待的脸庞。“我们到了，”长角鹿母温柔地说，“孩子们，看看我们的目的地——伊塞克。”

阿米尔和萨娜抬起头，展现在眼前的湖泊像是一颗璀璨的蓝宝石，镶嵌在连绵起伏的雪山之间。

湖水清澈见底，倒映着天空中洁白的云朵。湖面升腾起如梦似幻的七彩雾气，给人一种不真实的美感。湖边是一片柔软的草地，粉色的蒲公英星星点点地散布其中，可爱的红松鼠抱着松塔朝他们作揖(yī)。雪山高耸入云，好像一群身披银铠的巨人，庄严地守护着这片美丽的土地。没有人能数得清伊塞克周围到底有多少座雪山，也难以想象这群山之后还有多少未知的奇迹。它们默默守护着这片净土，也将无尽的神秘藏于其后。

从此，阿米尔和萨娜在这片肥沃的土地上扎根，如同两颗坚韧的种子，迎着阳光与风雨，茁壮成长。

时光匆匆，阿米尔和萨娜成长为健壮的青年与美丽的少女。在长久的相伴中，他们彼此相爱，最终结为夫妻，携手步入新的生活。

日子一天天过去，萨娜的肚子渐渐隆起，她轻抚着凸起的腹部，心中满是对新生命的憧憬与喜悦。阿米尔得知这个消息后，兴奋得像个孩子，他一路奔跑，迫不及待地通知长角鹿母，“鹿母，鹿母！萨娜要生孩子了！”

几天后，长角鹿母带着一份特别的礼物来到

他们的木屋，“这是别希克，是为你们的孩子准备的摇篮。”长角鹿母慈爱地说道。

不久后，萨娜生下了一个健康的男孩。婴儿响亮的啼哭声划破了木屋的宁静，也为这个家带来了无尽的喜悦。为了感恩长角鹿母的庇护，他们给孩子取名为“布古拜”。阿米尔心疼地握着萨娜的手，萨娜虚弱地躺在床榻上，目光却一刻也不曾离开摇篮里蜷缩的小生命。她抚摸着孩子的脸颊，轻声说道：“布古拜，要记住，你是长角鹿母的后代，这片土地是你的家，你将守护它，就像它守护你一样。”

布古拜在伊塞克湖畔的阳光雨露中逐渐长大，他完美地继承了父母勤劳与善良的品质，对长角鹿母心怀敬畏。随着年岁渐长，布古拜展现出非凡的领导才能，他带领着逐渐壮大的家族抵御自然灾害的侵袭，在狩猎中收获颇丰，让族人们的生活安稳而幸福。家族不断开枝散叶，人口日益增多，在这片土地上形成了一个新的族群。

族人们为了铭记布古拜的丰功伟绩，更为了感恩长角鹿母的浩荡恩泽，一致决定将这个新兴的族群命名为“布古族”。他们用雪松木雕刻各种栩栩如生[1]的鹿形器物，用颜料在山洞的岩壁上记录每只长角鹿的降生与离去。

点拨

许多古老的部族都有图腾崇拜的传统，布古族对于鹿的喜爱就是这样从感恩逐渐变为了图腾崇拜。

此后，每到月圆之夜，布古族的族人们都会从四面八方赶来，聚集在湖边，举行盛大的祭祀仪式。他们点燃篝火，围成一个大大的圆圈，手牵着手，载歌载舞，诉说着长角鹿母的传奇故事。他们总是会尊重和爱护美丽的长角鹿，因为它们是长角鹿母的孩子。他们知道，长角鹿母的爱和智慧将会代代相传，而布古族也将在这片土地上繁衍兴旺，成为大自然最忠诚的守护者，直到时间的尽头。

五

在这漫长的岁月里，时光就像橡皮擦，一点点抹去了人们心中对长角鹿母的感恩与敬畏，只留下对鹿角那虚幻的珍贵与荣耀的执着。直到有一天，布古族人的长矛沾上了长角鹿的血迹，雪山里开始飘荡起经年不散的呜咽。

---

①栩栩如生：形容艺术形象非常生动逼真，像活的一样。

一位家财万贯的布古人去世了，他的儿子们为了彰显家族的荣耀，为他举办了一场奢华至极的丧宴。在父亲的坟墓上，他们安放了一对巨大而华美的鹿角，企图以此证明家族出身于长角鹿母族的高贵血统。这本是一场自私又虚荣的闹剧，可谁能想到，这个消息一经传出，竟打开了那禁忌的潘多拉魔盒，释放出潜藏在人性深处的贪婪与欲望。

一时间，整个布古族都陷入了疯狂。人们将罪恶的箭矢对准那些温顺的生灵，想要通过贩卖鹿角来让自己过上纸醉金迷的生活。这股疯狂的猎杀之风，就像瘟疫一般，以惊人的速度扩散开来，几乎每一个布古人都被卷入了这条丧失理智的行径之中。

猎人手持利刃与弓箭，在茂密的树林中穿梭，不放过任何一个可能藏有长角鹿的角落。曾经灵动的身影，如今在猎人的围追堵截下四处逃窜。长角鹿们惊恐的眼神中，满是对人类罪恶行径的不解与绝望。

鹿角交易市场上，商人们高声叫卖，讨价还价声不绝于耳。“瞧见那对分叉了吗？”鹿角商人满脸得意，用弯刀敲击着货架，成排的鹿角在月光下泛着森冷的白光，还残留着已经干掉的血迹，“这可是从怀孕母鹿头上硬生生锯下来的，瞅瞅这成色，多漂亮！”商人吹嘘着，他的皮靴踩在浸透鹿血的苔藓上，腰间挂着的铜铃随着吆喝声叮当作响。

处处洋溢着生机与活力的伊塞克迅速被阴霾笼罩。长角鹿母再也无法忍受这次背叛与伤害，心中填满了愤怒和悲伤。她曾将阿米尔和萨娜当作自己的孩子，可他们的后代却背弃了这份爱护，肆意践踏她的信任，将这片乐土变成了血腥的屠宰场。

一个狂风怒号、电闪雷鸣的夜晚，长角鹿母孤独地伫(zhù)立在伊塞克湖畔，她的身影在月光下显得格外高大威严。她仰天长啸，声音穿透了夜空，回荡在森林的每一个角落。“你们这些贪婪的人类啊！”她的声音在风中颤抖，“我曾毫无保留地给予你们恩泽，引领你们的祖先来到这片丰饶的土地，庇护着你们世代繁衍。可如今，你们却恩将仇报，将我的孩子们赶尽杀绝，让这片土地沦为炼狱！”

长角鹿母的话音刚落，可能是被她的愤怒所召唤，原本就阴沉的天空被滚滚乌云彻底遮蔽，黑得就像墨汁倾洒。紧接着，豆大的雨点如瀑布般倾泻而下，狠狠地砸向大地。房屋在汹涌的洪水中摇摇欲坠，人们脸上写满了惊恐与绝望，哭喊声、呼救声、尖叫声此起彼伏，仿佛一首悲壮的挽歌。

肥沃的农田也没能幸免于难，成熟的庄稼被连根拔起，随着水流漂浮远去，人们辛苦劳作一整年积攒的粮食，在这短短时间内化为乌有。那些被人们用来猎杀长角鹿的工具，在狂风中砸向那些罪魁祸首。

布古族人在这场突如其来的灾难中终于清醒过来，他们满怀悔恨地跪在地上，任由雨水冲刷着自己的身体。他们双手合十，虔诚地祈求长角鹿母的宽恕。可是，一切都已经太晚了。长角鹿母转身离去，踏入了森林的深处，留给布古族一个永远无法触及的背影。

这场灾难过后，布古族元气大伤。幸存者们痛定思痛，在重建家园的同时，也重新审视了自己与自然的关系，立下了与长角鹿和谐共生的誓言。而长角鹿母的故事，时刻警示着人们，贪婪与无知终将招致毁灭，唯有尊重与和谐，才能守护这片土地的安宁与繁荣。

霍加加西

在雪山连绵起伏、原野辽阔无际的吉尔吉斯草原上，生活着一位名叫霍加加西的年轻猎人。他高大魁梧，是一个百发百中的神箭手，还拥有驯服野兽的神奇能力。他的马鞍上悬挂着一颗狼牙，在微风的吹拂下正叮当作响，那是他十六岁猎杀头狼的荣耀证明。

这天，霍加加西在草原上纵横驰骋，突然听到一阵凄惨的哭声。他心头一紧，立刻勒住缰

绳，循声望去，只见不远处的空地上，七匹灰狼正围着一个年轻姑娘打转。她的身体不停地颤抖，踉跄(liàng qiàng)着往后退，大声呼喊着：“谁来救救我！”

霍加加西目光如炬，毫不犹豫地抽出腰间那把锋利的匕首，朝着恶狼扑了过去。经过一番激烈的厮杀，他终于成功击退了恶狼，那群恶狼夹着尾巴，灰溜溜地逃回了荒野之中。

姑娘感激地看着霍加加西，声音带着哭腔，“谢谢你，勇敢的青年。如果不是你及时出现，我今天恐怕就要命丧狼口了。我叫阿依古丽，是草原西边部落的人。”

霍加加西收起匕首，安慰道：“姑娘，不用客气。这是我应该做的。只是你怎么会独自一人来到这里，还遇到了恶狼呢？”

阿依古丽擦了擦眼泪，哽咽(gěng yè)着说道：“我出来寻找走失的羔羊，没想到越走越远，迷失了方向，不幸碰上了这些恶狼。”

霍加加西当即决定送阿依古丽回家。他牵来自己那匹骏马，动作轻柔地扶阿依古丽上马，随后自己也利落地翻身上马，坐在阿依古丽身后，稳稳地握住缰绳。

一路上，草原的风轻柔地拂过，撩动着他们的发丝。阿依古丽绘声绘色地讲述部落里一场热闹的篝火晚会，霍加加西则提起自己驯服烈马的经历，不知不觉间，两人的距离越来越近，他们的眼神交汇时，总会有片刻的停留，那瞬间，周围的一切都变得不再重要，只剩下彼此眼中的温柔与深情。

从那以后，霍加加西决心要给阿依古丽举办一场隆重的婚礼。他想象着阿依古丽身穿漂亮嫁衣的场景，嘴角不自觉地上扬。然而，举办婚礼需要不菲的费用，这对霍加加西来说，是一个不小的挑战。

为了早日实现这个心愿，霍加加西开始没日没夜地捕猎，满心期待能尽快筹集到足够的金钱。随着时间的推移，普通猎物换来的微薄收入让他愈发焦急，内心的贪婪如同野草般疯长，他将目光投向了更为珍贵稀有的动物。

一个静谧的夜晚，月光清冽，洒在广袤的草原上，霍加加西偶然遇见一群正在举行婚礼的水獭(tǎ)。水獭们正用尾巴欢快地拍打水面奏乐，点点萤火虫围绕着它们飞舞。水獭们的脸上洋溢着幸福与喜悦，相互依偎、嬉戏，完全没有察觉到危险正悄然逼近。

霍加加西的眼中没有丝毫欣赏这美好场景的兴致，他直勾勾地盯着那些水獭，“用它们的皮能给阿依古丽换十串珊瑚项链，说不定还能换来更多值钱的东西。”他舔了舔干裂的嘴唇，喃喃自语，盘算着将这些水獭一网打尽。

霍加加西迅速环顾四周，确认没有旁人后，借着夜色的掩护，他蹑手蹑脚地靠近水獭群，突然解下羊皮大氅(chǎng)，猛地蒙向那些沉浸在欢乐之中的水獭们。毫无防备的水獭拼命挣扎，但一切都为时已晚，锋利的刀刃刺向它们。霍加加西看着满地的猎物，心中没有一丝愧疚，反而被得意与贪婪填满，他好像已经看到了阿依古丽戴上珊瑚项链，身披华丽嫁衣的模样。

不久之后，霍加加西又遇上一群野山羊，它们身姿矫健，在陡峭的山坡上灵活地跳跃、觅食。他再次举起了手中的弓箭，瞄准了羊群，准备将它们一网打尽。

就在这时，一只雌性灰山羊直直地挡在了他的面前。它的眼眶中蓄满了泪水，哀求道：“霍加加西，请你高抬贵手，不要再滥杀无辜了。我们家族已经被你杀得所剩无几了，求求你放过我们吧，给我们一条生路！”

霍加加西却不为所动，斜睨(nì)着雌性灰山羊，语气冰冷且强硬，“我靠打猎吃饭，怎么可能放过送到嘴边的猎物。”说罢，他没有犹豫，射出了箭矢。

“嗖”的一声，箭穿透了雌性灰山羊的身体。它的身子晃了晃，四肢一软，重重地栽倒在地上，殷(yān)红的鲜血在干燥的土地上迅速蔓延开来。在生命的最后一刻，它发出绝望的诅咒：“霍加加西，你杀害了我们这么多亲人，非要把我们家族赶尽杀绝。我诅咒你，从此以后，你的箭再也无法射中任何猎物。你将为你的贪婪付出惨痛的代价！”它的声音越来越弱，最终消散在风中，而霍加加西根本没有在意，抬脚跨过灰山羊的尸体，继续瞄准了剩下的羊群。

谁也没想到，雌性灰山羊临终前的诅咒竟然真的应验了。从那以后，无论霍加加西在打猎时如何全神贯注，屏气敛息，将所有的精力都倾注在瞄准与射箭上，射出的箭总是莫名其妙地偏离目标，不是擦着猎物的皮毛而过，就是直接射在空无一物的地方。草原上赫赫有名的神箭手竟然连一只最普通的野兔都难以射中。

霍加加西无法接受这突如其来的变故，独自来到悬崖边，呼啸的山风肆意吹打着他的衣衫，他试图找回曾经那个百发百中的自己。

然而，命运和他开了一个残酷的玩笑，他在恍惚间意外触发了陷阱，整个人被困在了悬崖的边缘，四周是深不见底的万丈深渊。他惊恐地挣扎着，只能无助地向空旷的山谷呼喊：“救命啊！谁来救救我！”

霍加加西被困悬崖的消息迅速传遍了整个草

原。牧民们放下手中的活计，从四面八方赶了过来。他们齐心协力，尝试了各种办法，却始终无法将他从悬崖上救下来。

阿依古丽听到消息后，悲痛欲绝，她不顾一切地朝着悬崖边奔去。一路上，她跌跌撞撞，几次摔倒在地，膝盖和手掌擦破了皮，鲜血渗出，她却浑然不觉。最后她终于赶到悬崖边，望着被困的霍加加西，带着哭腔祈求道："霍加加西，你一定要坚持住，我会想办法救你的。"

霍加加西苦笑着，摇了摇头，绝望地说道："阿依古丽，你别白费力气了。我犯下了不可饶恕的罪行，这是上天对我的惩罚。"

春去秋来，悬崖上的白桦树绿了又黄。霍加加西终于在梦中见到了那只雌性灰山羊。它的身影在朦胧的月色下显得格外神圣，它告诉霍加加西："要想解除诅咒，你必须真心悔过，用自己的

行动来弥补过去的错误。只有当你真正懂得与自然和谐共处时，诅咒才会消失。”

清晨的第一缕阳光爬上悬崖时，霍加加西的呼喊就随着晨风飘向远方。他对着每个路过的牧民挥动双臂，“牧民们啊，听我说！我们要爱护这片养育我们的草原，尊重每一个鲜活的生命！不要再肆意破坏，不要再滥杀无辜！”

对比阅读

《霍加加西》和《长角鹿母》都是关于人与自然的神话，它们之间有哪些异同点呢？可以从人物、情节、结局等角度来梳理。

在众人的努力下，草原再次焕发出勃勃生机，嫩芽从泥土里探出毛茸茸的脑袋，好奇地张望着这个焕然一新的世界；水獭踩着碎步，在花海里跳舞；老鹰叼着野莓掠过霍加加西头顶，俏皮地故意把果汁滴在他乱糟糟的头发上。

阿依古丽，这位深爱着霍加加西的女子，自始至终都没有放弃他。她每天都会挎着藤篮来到悬崖边，与霍加加西分享着草原上的点滴变化。她说话时，彩色头巾随风飘动，像只永不疲倦的报春鸟，给霍加加西带来希望与温暖。

岁月流转，阿依古丽乌黑的长辫渐渐染上了

霜雪，但她依然坚守在悬崖边，风雨无阻。牧羊的孩子们总能看到这位银发奶奶坐在崖边。而霍加加西呢？他依然在悬崖上，但现在的悬崖不再是个冷冰冰的牢笼。在漫长的忏悔与等待中，他的心已经被救赎(shú)，灵魂获得了自由。

红宝石王子

阳光洒在金碧辉煌的宫殿上，像涂了蜂蜜一样金灿灿的。宫殿内，威严的国王端坐在宝座上，他的目光温柔地落在身旁的女儿紫兰公主身上。紫兰公主就像晨曦（xī）中的紫罗兰一样清新美丽，让人心旷神怡。

“尊敬的陛下！”一名风尘仆仆的商人，匆匆踏入大殿，恭敬地俯身行礼，“小人不远万里，特来将这枚稀世珍宝呈献给您。”那红宝石璀璨夺目，像是耀眼的星星，连廊柱上的夜明珠都黯然失色。国王把这块珍贵的宝石放进了百宝箱中，打算将它作为生日礼物，送给即将年满十八岁的紫兰公主。

你知道吗

阿拉伯自古是商贸之地、东西方交往的必经之地，是丝绸之路上重要的“关节”，对世界文明的发展有非常重要的推动作用。

两个月的时间转瞬即逝，转眼间，就迎来了紫兰公主的生日宴会，整个宫殿都沉浸在一片欢乐祥和的氛围之中。在众人热切的目光注视下，紫兰公主打开了百宝箱。接下来发生的一幕，却让所有人都惊得目瞪口呆。箱子里哪有什么红宝石，竟然钻出了一个英俊潇洒的年轻人。

国王的脸色瞬间变得铁青，双手用力地拍在宝座的扶手上，愤怒地吼道："你这来历不明的家伙，竟敢擅闯我的宫殿！来人，把他给我拿下！"

年轻人不慌不忙，优雅地行了个礼，随后挺直身躯，从容不迫地说道："尊敬的国王陛下，我对您绝无冒犯之意，我是红宝石王子，正是您之前得到的那块红宝石所化，命运的安排将我带到了这里。若能为您效力，我深感荣幸。"

国王听后，半信半疑，他的目光在年轻人身上来回打量，但怒气未消，下令道："好，既然你这么说，我就给你一个机会。死亡峡谷中有一头作恶多端的恶龙，你去把它杀掉。如果你能成功，我会将紫兰嫁给你，让你成为我的女婿（xù）；否则，就别想活着回来，你就等着受死吧！"

死亡峡谷，那是一个令所有人闻风丧胆的地方。当红宝石王子来到峡谷边缘，一股阴森、诡（guǐ）异的雾气扑面而来，让人不寒而栗。峭壁像是被巨斧劈开的焦黑面包，四周的岩石狰狞可怖，像是张牙舞爪的怪兽。谷底不时传来令人毛骨悚(sǒng)然的咆哮声，仿佛有无数恶灵在痛苦地嘶吼，声音在空旷的峡谷中久久不散。

红宝石王子没有丝毫恐惧，他紧握手中那把锋利的宝剑，毅然决然地踏入了这片恐怖之地。

不久，他便与恶龙狭路相逢了。这头恶龙周身覆盖着黑色的鳞片，金瞳像是灼烧的岩浆，口中喷吐着熊熊烈焰，尖锐的獠(liáo)牙好像能轻易咬碎石头。

当红宝石王子出现在峡谷口时，恶龙已经在此等候多时，“又是个来送死的点心！你这渺小的人类，也配来挑战我？”它怒吼一声，张开血盆大口，向王子扑来，口中的烈焰把周围的空气都烤得扭曲。

王子身形矫健，侧身一闪，轻松躲过了恶龙的致命一击，“为了我心爱的紫兰公主，为了证明自己的勇敢，我一定要战胜你这怪物！”他挥剑向恶龙砍去，凌厉的剑气却只在恶龙坚硬的鳞片上留下了一道浅浅的白痕。

恶龙被激怒，它不断地甩动着粗壮的尾巴，

周围的岩石被抽打得粉碎，向王子砸去。王子灵活地跳开，趁恶龙攻击的间隙，他反手一剑，以迅雷不及掩耳之势，刺入了恶龙的左翅。恶龙发出一声痛苦的怒吼，不顾一切地向王子发起更疯狂的攻击。一时间，峡谷中飞沙走石，火光冲天，

黑烟弥漫。

红宝石王子与恶龙展开了激烈的战斗，双方你来我往，斗得难解难分。三百多个回合过去了，双方都已气喘吁(xū)吁[1]、筋疲力尽。恶龙猛地张开大口，红宝石王子来不及躲闪，被滚烫的岩浆包裹，但他趁着恶龙喘息的瞬间，纵身一跃，跳到了恶龙的背上。

恶龙愤怒地扭动着身躯，不停地翻滚、跳跃，想要将王子甩下来。王子却努力抓住恶龙的鳞片，找准时机后，一剑刺进了恶龙的脖颈。恶龙发出一声凄厉的哀号，身体剧烈地抽搐着，它张开大口，将王子吞入了腹中。

但王子并没有放弃，他在恶龙黑暗的肚子里，忍受着刺鼻的血腥味和黏腻的液体，用宝剑拼命地划动着。鲜血从恶龙的身体里汩(gǔ)汩流出，滴落在地面上，形成一摊血泊。恶龙的动作渐渐变得迟缓，随后“砰”的一声摔倒在地。

终于，王子划破了恶龙的肚子，从里面跳了出来。他举起宝剑，用尽最后的力气，大喝一声，

---

①气喘吁吁：形容呼吸急促，大声喘气。

斩下了恶龙的头颅。

红宝石王子胜利归来，国王没有食言，着手筹备紫兰公主与红宝石王子的婚礼。

婚礼那天，宫殿内外张灯结彩，喜气洋洋，空气中弥漫着浓郁的紫罗兰香气。证婚人庄重地宣读着誓言，在众人的见证下，紫兰公主与红宝石王子手挽着手，步入了婚姻的殿堂。

随着时间一天天过去，紫兰公主对王子的身世产生了怀疑。一天傍晚，二人漫步在花丛中，她拉住王子的手，轻声问道："亲爱的，你真的是那块宝石所化吗？你到底是怎么从一块宝石变成人的呢？"

王子听到这个问题，微微一怔，但很快恢复了笑容。他将公主搂入怀中，亲吻她的额头，温柔地说："宝贝，别想那么多啦！这些都不重要，重要的是我们现在在一起，我会一直爱你，陪伴你。"

紫兰公主暂时被王子的甜言蜜语安抚，但总觉得，王子的身世背后似乎隐藏着一个更大的秘密。

他们并肩在海滩漫步，紫兰公主再次提出了这个萦（yíng）绕心头许久的问题。红宝石王子深情地望着公主，犹豫了一会儿，终于开口说道："亲爱的，其实五百年前，我不过是一块被遗忘在海边的普通石头。而你，是我身旁一株摇曳生姿的紫兰花。每个夏日的清晨，你花瓣上凝结的露珠，总会顺着叶片滑落在我的身上。日复一日，年复一年，我渐渐被你染成了紫红的颜色。

他微微停顿，目光望向远方的海平面，感慨道：“我最终化为人形，给自己取名为‘红宝石王子’。我每日每夜都虔诚地向上苍祈祷，盼望着有一天你也能化作人形，与我携手共度一生。”

说到这里，红宝石王子突然停下了，他的眼神变得忧郁。紫兰公主听得入迷，她的眼睛瞪得大大的，下意识地握住王子的手，急切地说道：“亲爱的，原来我们是如此有缘。那么后来呢？后来怎么样了？”

红宝石王子继续说道：“也许是我的诚意感动了上天，主管婚姻的神仙飘飘悠悠地降临到海边。他对着你吹了一口仙气，就这样，你有了投胎到皇后腹中的机会。当时，我毫不犹豫地答应了神仙的要求，承诺永远保守这个秘密。”

说到这里，红宝石王子突然停了下来，脸色苍白如纸。紫兰公主见状，心悬了起来，声音颤抖地问道：“亲爱的，你怎么了？为什么突然停下来不说了？”

红宝石王子的胸膛剧烈地起伏着，像是在极力压抑内心的恐惧。他说道：“亲爱的，其实我今天告诉你这些，是因为我知道神仙的惩罚就要降临了。我违反了与他的约定，将我们的身世告诉了你，所以我将要遭受劫难。”

话音刚落，海面上掀起一股足有数十米高的巨浪，向二人扑来。还没等紫兰公主反应过来，红宝石王子就被巨浪无情地卷起，瞬间消失在了茫茫大海之中。

“不——”紫兰公主心急如焚，不顾一切地冲向海边，想要找回自己的爱人。只见海浪滔天，不见红宝石王子的一丝踪影。她绝望地哭喊着：“亲爱的！你在哪里？你不要离开我！”然而，回应她的只有呼啸的风声和汹涌的海浪。

紫兰公主双腿一软，瘫倒在沙滩上，她终于明白，这是神仙对红宝石王子的惩罚。她的泪水不停地流淌，她觉得自己是这一切的罪魁祸首。她跪在海边，双手合十，对着天空默默地祈祷着：“神仙啊！请你原谅红宝石王子吧！我愿意用我的生命来换取他的平安！”

然而，神仙并没有回应，海浪一波接着一波。紫兰公主绝望地闭上了眼睛，她感觉自己的灵魂也随着王子一同被卷入了无尽的黑暗之中。

就在她彻底绝望的时候，突然一道耀眼的金光闪过。紫兰公主睁开眼睛一看，红宝石王子正静静地站在海面上，他的身后背着一对巨大的金色翅膀，那翅膀散发着柔和而温暖的光芒，将他笼罩其中，宛如降临人间的天使。他微笑着向紫兰公主招手道："亲爱的！别怕！我来救你了！"

紫兰公主惊喜交加，不顾海浪的危险，奋力向红宝石王子跑去。两人紧紧相拥在一起，仿佛整个世界都只剩下彼此，再也不分离。

然而就在这时，神仙凭空出现在他们面前。他冷冷地开口道："红宝石王子！你明知故犯，违反了与我的约定！现在我要对你施以惩罚！"说着，他举起手轻轻一挥。

一道强烈的金光闪过，红宝石王子瞬间变成了一个小精灵。他身穿绿色的衣服，头戴金色的帽子，身后背着一对透明的翅膀。他不能说话，只能心急如焚地向紫兰公主挥舞着手臂。

紫兰公主看着眼前的这一幕，只觉得心如刀绞。她明白这是神仙对红宝石王子的惩罚。她的泪水像断了线的珠子一样滚落下来，泣不成声地喊道："亲爱的！你不要怕！无论发生任何事情，我都会一直陪着你的！"说着，她跳入波涛汹涌的大海之中，向着红宝石王子化作的小精灵奋力游去。

紫兰公主根本不会游泳，她一进入大海，冰冷刺骨的海水就迅速将她包围，她的身体不受控制地往下沉，最终停止了呼吸。她的灵魂就像一只轻盈的蝴蝶，飘到了王子身边。虽然他们都无法再开口，但爱意从他们眼中不断涌出的泪水体现出来。

神仙看着眼前的这一幕，被二人坚贞不渝的爱情触动了。他举起手中的法杖，对着二人吹了一口仙气，红宝石王子恢复了人身，紫兰公主的灵魂也回到了自己的身躯里，复活了！

提问

坚贞不渝的爱情是全人类共同的歌颂对象，中国民间故事中也有许多爱情传说，你更喜欢哪个故事呢？

当他们睁开眼睛时，神仙正微笑着站在他们面前。他说道："红宝石王子，紫兰公主，你们的爱情真挚而感人，令人动容，我愿意成全你们。从此以后，你们将永远幸福地生活在一起！"

红宝石王子和紫兰公主听后，激动得热泪盈眶。他们拥抱在一起，仿佛要将对方融入自己的生命，在此刻，只能听到彼此那急促而有力的心跳声。每一下跳动，都承载着他们强烈而又清晰的爱。

从此以后，他们真的过上了幸福的生活。他们漫步在王国的山川湖泊，分享着生活中的琐碎日常。人们相信，永恒的爱神正悄然途经人间，将五百年前海岸边的晨露，又一次温柔地滴落在他们彼此凝望的眼眸之间，让这份跨越时空的爱意，在岁月的长河中熠(yì)熠生辉，永不褪色。

拉丁美洲神话

辛格比捉弄北风

在遥远而神秘的拉丁美洲大地，山川纵横，森林广袤(mào)，流传着许多古老而迷人的传说。

这里居住着一个以捕鱼为生的部落，世世代代在这片丰饶的土地上繁衍(yǎn)生息。部落里有个年轻人，他的名字是辛格比。他身形矫健，性格果敢，总能想出独特的办法解决各种难题。最令人称奇的是，他还掌握着一种特殊的本领——变成鸭子捉鱼。

辛格比解开腰间那根用驼鹿皮制成的绳子，眨眼间便化作了一只绿头鸭，它一头扎进了冰窟窿之中，溅起的水珠在月光下晶莹剔透，好像细碎的银珠四散飞溅。过了片刻，当它叼着一条肥美的鲑鱼跃出水面时，部落里的老渔夫阿卡纳正用他那根古老的鱼骨烟斗敲打着冰面，惊讶又宠溺地说道："你这野小子！"烟斗里飘出的雾气袅(niǎo)袅升腾，在寒冷的夜空中迅速凝结成霜花，阿卡纳爷爷摇了摇头，“我祖父的祖父都没见过人变鸭子捕鱼！辛格比，你真是个怪人！”

辛格比变回人形，露出狡黠（jiǎo xiá）的笑容，“阿卡纳爷爷，您看这湖面冻了三指厚，要是不用鸭蹼，怎么能潜得下去？而且，这法子捉鱼可快了，能让咱们部落的人吃得更饱呢！”

再往北去，有一个常年被冰雪覆盖的国度，名为冰之国。这片土地上，处处是高耸的冰山和广袤的雪原。冰之国的国王，名叫卡比昂欧卡，在印第安语中，正是“北风”的意思。卡比昂欧卡有着银白色的长发和胡须，身躯庞大，就像一座能够自由移动的冰山，散发着刺骨的寒意，好像能将世间一切都冻结。

一直以来，卡比昂欧卡都渴望扩大自己的冰之国。每当冬天来临，他便裹挟着铺天盖地的暴雪而来。他每一次呼出的气息，都瞬间化作尖锐的冰凌，像利箭一样坠落，刺穿冻土里正在冬眠的棕熊。当第一片雪花粘在辛格比的睫毛上时，北风之王正将霜花编织成一件华丽的披风，仔细聆（líng）听，好像能听见野兽临终前那绝望的呜咽。

在这残酷而冰冷的世界中，并非毫无希望。幸好，还有南风沙文达斯与他相抗衡。沙文达斯是一个温柔的巨人，他的身体散发着温暖的气息，所到之处四季如夏，阳光明媚柔和，地上万物生长茂盛。可是，夏日终会过去，冬天定将来临，这是大自然的规律，无人能够改变。

点拨

拉丁美洲从南到北，从东到西气候差异显著。安第斯山上终年积雪、寒气逼人，而安第斯山脉以西温暖湿润，草木茂盛。神话将这种气候特点拟人化为南风和北风，十分形象。

这一年的冬天，来得格外早，也格外寒冷。卡比昂欧卡的力量似乎更加狂暴。

辛格比伫(zhù)立在这片被卡比昂欧卡无情肆虐(sì nüè)[①]的土地上，好像能听见万物痛苦的呻吟。冬眠的动物们在巢穴里瑟缩着，因寒冷而发出微弱的哀鸣；那些没有足够食物储备的鸟儿，在寒风中徒劳地扑腾着翅膀，因饥饿而发出凄凉的叫声；部落里的人们，在冰冷的帐篷里紧紧相拥，孩子们冻得瑟瑟发抖，哭声在寂静的雪夜里让人揪心。

在面对强大的敌人时，辛格比的眼中没有丝毫恐惧，反而有一团炽热的火焰熊熊燃烧，那是对不

①肆虐：任意残杀或迫害；起破坏作用。

公的愤慨(kǎi)①。

“这卡比昂欧卡也太猖狂了，瞧瞧这世界被它害成了什么样，冰天雪地，动物觅食艰难，人们生活困苦。我绝不能袖手旁观②，一定要和它较量一番，让它清楚，不能再这样肆意妄为，欺负这片土地上的所有生命！”辛格比在心中暗暗发誓。

于是，辛格比不顾众人的劝阻，毅然决然地向着森林深处走去。

他的身影很快被冰雪森林吞没。一路上，寒风像锋利的刀刃，割在辛格比的脸上，生疼生疼的。远处，巨大的冰山矗(chù)立着，它的表面折射着妖异的蓝光，像巨兽咧开的冰牙。但辛格比的目光始终坚定，沉稳有力的步伐踩在厚厚的积雪上，发出“嘎吱嘎吱”的声响。树枝上的积雪簌(sù)簌落下，洒在他的肩头，却无法阻挡他前行的脚步。

终于，辛格比来到了一座高耸入云的冰山前。这座冰山正是冰之国的边界，在日光的映照下，冰山表面的冰层闪烁着凛(lǐn)冽的光芒，好像无数双

①愤慨：气愤不平。
②袖手旁观：指置身事外，不加过问的冷淡态度。

冰冷的眼睛在注视着他。

辛格比却毫不畏惧，他用尽全身力气大声喊道：“卡比昂欧卡！你这残暴的家伙，我，辛格比，今天来会会你！”

话音刚落，只见一道白色身影从冰山上迅速俯冲而下，瞬间来到了辛格比面前。正是卡比昂欧卡，他发出一阵轻蔑的狂笑，“哈哈哈，你这不知死活的小东西，竟敢来挑战我？我只需轻轻一吹，就能让你永远消失！”

辛格比挺直了腰板，直视着卡比昂欧卡的眼睛，说道：“卡比昂欧卡，你别太嚣张。”他从怀里掏出一块火石，用力一敲，火石上冒出了一点火星。随后他将火星引燃，放在铺满干燥树叶与碎木屑的地面上。火苗“噌”的一下蹿了起来，越烧越旺。

“卡比昂欧卡，你看看这是什么？”辛格比笑着喊道。

卡比昂欧卡低头看到地上的火苗，眉头紧皱，不屑地说道：“你这小子，想用区区一点儿火来对抗我？简直是不自量力！在我这无尽的冰雪之力面前，这火不过是转瞬即逝的微光罢了！”

“哼，火是你的克星，你等着瞧吧！”辛格比毫不示弱，冷笑一声。

随着火苗的燃烧，周围的空气温暖起来，冰冷的寒意如同潮水般慢慢退去。卡比昂欧卡感受到了前所未有的威胁，他惊恐地发现，自己的身体正变得虚弱无力，强大的冰雪之力也渐渐减弱。

“可恶，你这小子！”卡比昂欧卡愤怒地咆哮着。

而辛格比早在心中谋划

好了新的计划。他提前用兽骨和树皮精心制作了一个与自己身形相似的木偶，又给木偶穿上了自己平时的衣物，打扮得栩栩（xǔ）如生，远远望去，几乎与他本人无异。此时，他将这个“辛格比”木偶放置在一片开阔的冰面上，自己则用厚实的鹿皮包裹住全身，只露出头和手，躲在不远处的一个雪堆后面。

卡比昂欧卡呼啸着冲了过来，一眼就看到了冰面上的“辛格比”。他怒不可遏（è）①，在他眼中，这个胆敢挑战自己的人类简直罪无可恕，心中怒吼着：“这次一定要让你这狂妄的人类知道我的厉害！”

卡比昂欧卡向着“辛格比”全力吹袭。顿时，狂风呼啸，冰屑飞溅，坚硬的冰块被击得粉碎，周围的一切都仿佛要被这股强大的风力撕裂。

然而，那个“辛格比”竟然纹丝不动。他就那样静静地站着，好像在嘲讽卡比昂欧卡的无能。

卡比昂欧卡满脸困惑，他无法理解为何自己全力的攻击竟然对这个“人”毫无作用。他不甘

①怒不可遏：愤怒得不能抑制，形容愤怒到了极点。

心就这样失败，于是继续加大风力。可无论他如何努力，“辛格比”依旧稳稳地站在那里。而此时的辛格比，正躲在雪堆后面，双手捂住嘴巴，强忍着笑意，看着卡比昂欧卡徒劳的攻击。

等卡比昂欧卡累得气喘吁吁，辛格比这才不紧不慢地从雪堆后走了出来，他昂首挺胸，直视着卡比昂欧卡，“卡比昂欧卡，你看啊，你使出浑身解（xiè）数，却根本无法伤害我。如今，你得乖乖听我指挥，为我做几件事。不然，我会让你在这冰天雪地间一直出丑，沦为整个世界的笑柄，让所有人都知道你这冰雪之王的无能！”

卡比昂欧卡听了这话，牙齿咬得咯咯作响，可无奈的是，此刻的他在辛格比的计谋下已无计可施，只能强忍着满腔怒火，从牙缝中挤出一句话：“你想让我做什么？”

辛格比抬头看了看天空中厚重的乌云，这些乌云将整个世界严严实实地笼罩在一片压抑的黑暗之中，万物都在这黑暗下沉寂。他斩钉截铁地说道：“首先，把这些乌云都给我吹散，我要看到蓝天和暖阳。这片大地被你的黑暗统治太久了，也该重见光明了！”

卡比昂欧卡心中不甘，但又不得不照做，他向着天空吹出一阵强风，这股风带着他的愤怒与无奈，呼啸着冲向乌云。

只见天空中的乌云像是被一只无形的巨手疯狂搅动，迅速翻滚、消散。不多时，阳光便透过云层，洒在了冰面上，给这片被冰雪覆盖的世界带来了久违的温暖与光明。远处被冰雪压弯的树枝，也在阳光的轻抚下，渐渐挺直了身躯，抖落一身的积雪。

辛格比满意地点点头，又指着旁边那条被冰封的河流说：“接下来，把这条河的冰都给我融化了。让这河流重新恢复生机，流淌在这片土地上！”

卡比昂欧卡瞪了辛格比一眼，又不甘心地吹出一阵温暖的风。

冰层表面开始出现一道道细小的裂缝，紧接着，裂缝逐渐扩大，一块块碎冰漂浮在水面上。随着暖风的持续吹拂，冰层融化的速度越来越快，河水流淌起来，发出潺潺（chán）的声响。那声音清脆悦耳，好像是河流在为重新获得自由而欢呼。

河水越流越急，水面上泛起层层涟漪（lián yī），在阳光的照耀下，波光粼粼（lín）。河边的花草也在这股暖流的滋润下，渐渐苏醒过来，露出嫩绿的新芽，迎接河流的归来。

卡比昂欧卡望着这片因为自己被迫施法而重新焕发生机的大地，心中的屈辱感达到了顶点。他再也无法忍受这种失败的滋味，此刻的他，就像一只被斗败的公鸡，威风扫地，耷拉着脑袋，灰溜溜地转身逃跑了。他的脚步踉跄而慌乱，在雪地上留下一串深浅不一的脚印。在他仓皇奔跑的时候，辛格比的笑声一直萦(yíng)绕在他耳边，一遍遍地提醒着他的狼狈。

而此时的辛格比，正站在原地，望着卡比昂欧卡远去的背影，脸上洋溢着自信的笑容。他知道，困难就像寒冬，总是会不期而至。但是，只要保持乐观和勇敢，即便是像北风一样的强敌，我们也能够战胜。溅起的水珠在月光下晶莹剔透，好像细碎的银珠四散飞溅。

点拨

人类就是靠着这股乐观和自信，才战胜了无数的困难，创造了兴盛的文明。

云端的孩子

在一个宁静祥和的印第安村落，夕阳的余晖洒在古老的帐篷上，金色的光芒与炊烟交织在一起，显得格外温暖。孩子们围坐在篝(gōu)火旁，全神贯注地听着亚古爷爷讲述古老的故事。篝火跃动的光影中，亚古爷爷的脸上布满了岁月的痕迹，但他的眼睛却像缀满星辰的夜空，深邃(suì)而又神秘，沉淀着无数光阴的故事。

“亚古爷爷，您看那远处的大山，它是不是一直都在那里

呀？”小晨曦那清脆悦耳的声音突然响起，指着暮霭（ǎi）中起伏的群山，一双明亮的大眼睛忽闪忽闪的，好奇地问道。

亚古爷爷微笑着，顺着小晨曦手指的方向望去，捋了捋他那银白色的长胡子，说道：“孩子啊，这大山的故事，可要追溯到很久很久以前喽。”

很久很久以前，在一片遥远的土地上，有一个美丽的山谷。它就像一个被大自然宠爱的世外桃源。山谷里四季如春，温暖和煦的阳光洒在柔软的草地上，野花盛开，蝴蝶飞舞。人和动物在这里和谐融洽地生活在一起，孩子们喜爱所有的动物，而动物们也同样喜欢这些可爱的孩子。

山谷中有一条清澈的河流，纯净得没有一丝杂质，宛如一条灵动的银色丝带。河水从高山之巅奔腾而下，滋养着山谷里的每一寸土地，让这片土地愈发肥沃，愈发充满生机。

河狸，这个聪明又可爱的小家伙，是孩子们最亲密的好朋友，它总是耐心地教孩子们游泳。

孩子们在水中嬉戏玩耍，欢快的笑声如同清脆的铃铛声，在山谷间回荡。

有一天，一个小男孩和一个小女孩像往常一样，在河里兴奋地扑腾着、嬉戏着，不知疲惫。

直到他们玩累了，才恋恋不舍地爬上岸来。这时，他们的目光被不远处一块又大又平坦的岩石吸引。那岩石的上面长满了翠绿的苔藓（tái xiǎn），看起来像一块柔软的绿色绒毯。他们好奇地爬上了这块岩石，舒展开疲惫的身体，躺下来，准备稍作休息。轻柔的微风拂过他们的脸庞，带着山谷里花草的芬芳，

他们渐渐放松下来，不知不觉中，进入了甜美的梦乡。

然而，奇怪的事情发生了。这块看似普通的岩石竟然开始上升，而且体积也变得越来越大。等到第二天清晨，那块岩石已经高过了山谷里最高的山丘，像一座突兀(wù)[1]的巨塔，巍峨地矗立在云端，显得那样雄伟壮观而又诡异神秘。

与此同时，山谷里却是一片慌乱的景象。父母发现孩子们不见了，心急如焚，他们在山谷里大声呼唤着孩子的名字，动物们也纷纷加入搜寻的行列。

"孩子们在哪里？他们会不会遇到了危险？"一位母亲焦急地问道。

"别担心，我会帮你们找到他们。"郊狼走了过来，"我的鼻子很灵敏，头脑也很聪明，我一定能找到他们。"

郊狼低下头，鼻子贴着地面仔细嗅着。它沿着气味一路追踪，穿过茂密的树林，越过潺潺的溪流，最终来到了那块岩石前。

"孩子们一定在岩石上面！"郊狼大声喊道，

①突兀：形容高耸的样子。

“我们必须把他们救下来！”

可是，岩石如此高耸，表面又异常光滑，怎么才能把被困在上面的两个孩子救下来呢？

郊狼迅速地把山谷里所有的动物都召集起来，大家围在那块岩石下，商量营救的办法。

“我们跳上去试试吧！”郊狼清了清嗓子，率先提议。

“让我试试！”老鼠自告奋勇地跳了出来，它小小的身体在众多动物中间显得格外不起眼，“我虽然小，但也许能爬上去。”它的声音虽小，却透着一股不服输的劲头。

老鼠快速跑到岩石边，伸出它那细小的爪子，开始沿着岩石往上爬。但是，岩石表面光滑得像镜面一样，老鼠的爪子刚一用力，就滑了下来，“扑通”一声摔在地上。

“不行，我太小了。”老鼠沮丧地说，它耷拉着脑袋，耳朵也垂了下来。

“让我来！”长耳大野兔不甘示弱，它后退几步，像离弦的箭一样冲了出去，后腿用力一蹬，高高跃起。可岩石实在是太高了，它在空中划过一道弧线后，还是只能失望地掉落在地上。

接着，羚羊、山狮也都依次尝试了，但岩石太高，它们都无法到达顶端。

“唉，看来我们没办法了。”松鼠失望地说。

就在这时，一只小小的尺蠖（huò）[①]缓慢地爬了过来，它的身体细长，行动时一屈一伸像个拱桥。它细声细气地说：“我也想试一试。”

动物们听了，都忍不住哄笑起来。

山狮嘲笑道：“就你这小不点儿，怎么可能爬得上去？你连我的爪子都够不着，还想爬上这高耸入云的岩石？别做梦了！”

“别小看我，我虽然慢，但我有耐心。”尺蠖平静地回答，它的声音虽然微弱，却透着一股坚定，小小的身体似乎蕴含着巨大的力量和决心。

尺蠖开始沿着岩石往上爬。它的动作很慢，每爬一步都要花费很大的力气。但它没有放弃，顽强地坚持着。白天，它在阳光下爬；夜晚，它在月光下爬。它没有休息，没有抱怨，只是默默地向上爬。晨露打湿它的皮肤，烈日炙烤它的脊背，但那双黑曜（yào）石般的复眼，始终注视着云端。

---

①尺蠖：尺蛾的幼虫，属于节肢动物。

一个月的时光悄然流逝，尺蠖终于爬到了岩石的顶端。它看到两个孩子还在熟睡，便轻轻地唤醒了他们。

孩子们揉了揉眼睛，看到尺蠖，惊讶地问道："你怎么上来的呀？这岩石这么高，这么难爬。"

尺蠖喘着气说："我一步一步爬上来的。别担心，我带你们下去。"

尺蠖带着孩子们找到了岩石上一条隐蔽的小道，这条小道狭窄而崎岖（qí qū）①，布满了碎石和荆棘。尺蠖毫不畏惧地走在前面，仔细地试探着前方的路况。一路上，尺蠖不断地鼓励着他们："别害怕，只要我们坚持，一定能安全下去的。"

孩子们紧紧地跟在尺蠖身后，心中的恐惧渐渐消散。他们学着尺蠖的样子，小心翼翼地挪动着脚步，一步一步地向下走去。

在尺蠖的带领下，小男孩和小女孩终于平安地回到了地面。那一刻，山谷里的动物们和大人们都欢呼起来，父母们激动地冲上前去，将孩子们拥入怀中，嘴里不停地念叨着："回来了，终于

①崎岖：形容山路坎坷。

回来了！”动物们也围拢过来，有的欢快地跳跃着，有的亲昵地蹭着孩子们的身体。

“真是太神奇了，尺蠖竟然做到了！”郊狼惊叹道，佩服地看着尺蠖。

从那以后，印第安人便以尺蠖的名字命名了这座大石山，称它为“图托克阿努拉”。这个名字不仅代表了那座巍峨的山峰，更象征着耐心与坚持的力量。他们从尺蠖身上看到了一种伟大的精神：即使是最弱小的生物，凭借着这份力量，也能做到强大的生物都无法做到的事情。

任务

许多名山大川的名字均有传说故事，可以课外收集一些讲给朋友们听。

亚古爷爷讲完了故事，他的声音在篝火的映照下显得格外温暖而深沉。孩子们都听得入了迷，眼中闪烁着对故事中勇敢的尺蠖的敬佩。

小晨曦感慨地说道：“原来这座大山还有这么神奇的故事呀，尺蠖真了不起！我以后也要像它一样，遇到困难不害怕，坚持到底。”

其他孩子们也用力地点点头，小脑袋凑在一块儿，小声讨论着故事中的细节。

小晨曦一脸认真，抬起头，好奇地问道：“亚古爷爷，您说，我们也能像尺蠖一样，做伟大的事情吗？”

亚古爷爷嘴角上扬，眼神中透着慈爱和鼓励，轻声说道：“当然可以，我的孩子。只要你们心中有勇气，脚步不懈怠（xiè dài），就没有什么是不可能的。记住，伟大的事情往往是从微小的努力开始的。”

跳跃的篝火光芒，欢快地在孩子们的脸庞上舞动。这个关于尺蠖的故事，就像一颗饱含希望的种子，悄无声息地落在了孩子们的心田里，让他们懂得了坚持和勇气的弥足珍贵。夜深了，篝火渐渐熄灭，孩子们依依不舍地回到帐篷中。他们躺在温暖的兽皮上，闭上眼睛，脑海中依然回荡着尺蠖爬山的画面。在梦中，他们仿佛看到了自己也像尺蠖一样，一步一个脚印，攀登着属于自己的那座“图托克阿努拉”，向着光明和希望前进。

精灵新娘

在遥远的湖边，生活着一个印第安部落，部落的酋(qiú)长有一位独生女，名叫尼恩艾祖。在印第安语中，尼恩艾祖的意思是“我珍爱的生命”，而她也确实是父亲和母亲的掌上明珠。

部落里的人都说，尼恩艾祖受到了大自然的偏爱与眷(juàn)顾，因为她总是能与森林中的生灵畅快地对话，她能听见松针坠地的叹息，也能读懂麋(mí)鹿眼瞳的絮语。

她最喜欢的事情，就是独自一人在森林里漫步。她常常寻找一处松软如毯的草地，闭上眼睛，全身心地沉浸在自然的怀抱中，聆听风声、鸟鸣和树叶的沙沙声，捕捉自然的心跳。也正因如此，部落里的人们常常打趣地称尼恩艾祖为“幻想家”。

尼恩艾祖的母亲是一位温柔贤惠的女性，她希望女儿能像部落里其他女孩一样，成家立业，过上安稳平静的生活。然而，尼恩艾祖的心，却像不羁的飞鸟，总是向往着远方未知的天地，这让母亲满心忧虑，眉头时常紧蹙。

“尼恩艾祖，你老是独自一人往森林里跑，那地方暗藏着许多危险，万一出了事可如何是好。”母亲忧心忡（chōng）忡，总是这样苦口婆心地提醒她。

在尼恩艾祖时常流连忘返的沙丘一带，流传着一个关于一群爱捣蛋的小精灵——普克武德奇斯的奇妙传说。提到这些沙丘的来历，还要追溯到很久以前的一场婚礼。当时，在曼阿博若的婚礼上，蚱蜢们兴奋不已，尽情舞动身姿，它们欢快的舞步扬起了漫天沙尘，这些沙尘不断堆积、沉降，最终

形成了如今这片巨大的沙丘和土堆。

尼恩艾祖对这些小精灵有着自己独特的见解与想象。她和小晨曦一样，常常听亚古爷爷讲述那些充满奇幻色彩的传说。其中，有一个故事深深地烙印在她的心底，那便是关于快乐之地的传说。据说，在遥远的地方，有一个快乐之地，那里永远是温暖的夏日，没有痛苦，也没有悲伤的泪水。尼恩艾祖常常沉浸在美好的幻想中，她憧憬(chōng jǐng)着有朝一日能亲自踏上那片神奇的土地，与大自然的精灵们翩翩起舞，过上无忧无虑、自由自在的生活。

有一天，尼恩艾祖又和以前一样，独自一人在山中漫步，大脑被有关神秘的快乐之地的想象填得满满当当。她沿着一条幽暗的小径前行，比平时逗留的时间久了一些。天色渐渐黯淡下来，暮霭开始悄然笼罩山林，她这才意识到，是时候回家了。

就在这时，尼恩艾祖敏锐地听到了一阵细微的声响，那是猎人踩在层层堆积的枯叶上发出的“嘎吱嘎吱”声。而那些机敏聪慧的动物们，已经收到了危险预警，早在猎人靠近之前，便匆忙逃离了这片区域。尼恩艾祖在心中暗自高兴，因为在她心心念念的快乐之地，是绝对不存在这样的杀戮的，那里的一切生灵都能和谐共处。

于是，尼恩艾祖起身，拍了拍身上沾染的草屑，准备回家。她转身的时候，却不由自主地再次望向了那片静谧的松林。她总有一种强烈的直觉，觉得那片松林之中似乎隐匿着什么不为人知的秘密，或许，那里就藏着一个能够通往快乐之地的神秘入口。

“尼恩艾祖，”那天晚上，母亲安静地坐在火堆旁，火光在她眼角的纹路里跳跃，母亲的眼神中充满了忧虑与期许，“我只希望你能平安快乐，希望你嫁给一个真心实意、无微不至照顾你的好男人。等我离开这个世界后，他能成为你坚实的依靠，始终守护在你身旁，疼惜你、爱护你。你明白我的意思吗？”

“是的，妈妈，”尼恩艾祖低着头，发丝垂落，遮挡住了她部分神情，她轻声回答道，“我对他实在是了解得够多了。他每天忙着追逐猎物，先是无情地捕杀它们，而后熟练地剥下皮毛。这就是他日复一日的生活，他唯一在乎的事情。我知道，或许打猎确实重要，能让我们有肉吃，不至于忍饥挨饿。可是，妈妈，这世界广袤无垠（yín），还有数不清的美好事物等待我们去发现、去感受。而他呢，却似乎只满足于在杀戮之中徘徊，对其他一切都视而不见。”

母亲无奈地叹了口气，她太清楚女儿的心思了，但她更担心尼恩艾祖的未来。部落里的那位猎人，身形强壮魁梧（kuí wú），箭术更是出神入化，在狩猎场上可谓无人能及。但他平日里沉默寡言，眼中除了猎物，再装不下其他任何东西。母亲希望女儿能过上安稳的生活，哪怕这意味着尼恩艾祖要和一个并不喜欢的男人携手一生，也好过在未知的生活里漂泊不定。

终于，婚礼的日子来临了。尼恩艾祖穿上了新娘礼服，那繁复的刺绣与精致的剪裁，彰显着这场仪式的庄重。她的母亲亲手为她戴上了一串用贝壳和羽毛编织而成的项链，这串项链承载着部落的荣耀与祝福，是部落里最珍贵的饰品。可是，尼恩艾祖的目光却怅惘（chàng wǎng）地飘向了远方，她请求母亲允许她前往树林，做最后的告别。母亲犹豫了一下，看着女儿恳切的模样，还是点了点头，答应了她的请求。

尼恩艾祖迈着略显沉重的步伐走进森林，脚下是那条她再熟悉不过的小径，心中却被迷茫与纠结填满。她反复思忖（cǔn），自己是否真的能够坦然接受这场即将到来的婚礼，又是否真的能融入猎人那种充斥着杀戮的生活。她停下了脚步，伫立在原地，目光望向远方那片郁郁葱葱的松林。刹那间，那些关于快乐之地的古老传说，又一次在她的脑海中清晰浮现。

“也许，那里才是我真正的家。”她轻声自语道。

就在这时，她听到了一阵奇怪的声音。那声音像是风在树叶间穿梭，又像是某种生物在低声吟唱。尼恩艾祖好奇地循声而去，穿过茂密繁盛、枝叶交错的灌木丛，眼前豁然开朗，出现一片开阔的空地。皎洁的月光洒在地上，地面像是被铺上了一层细碎的银箔，形成一片片形状各异的银色光斑。

在空地的正中央，站着一个比月光更清冷的身影。他看起来像一位人类青年，但更加纤细和高挑，举手投足间透着一种灵动与飘逸，好像林间随风轻舞的藤蔓，自在而洒脱。他的头发呈现出森林那样浓郁的深绿色，眼睛则像湖水一样清澈平静。

“你是谁？”尼恩艾祖好奇地问道。

“我是普克武德奇斯，森林的精灵，”他的笑容像春日暖阳，驱散了尼恩艾祖心底的些许戒备，“我一直在等你，尼恩艾祖。”

尼恩艾祖望着眼前这位精灵，心中涌起一股莫名的熟悉感，好像他们在很久之前就已经认识了。“你从哪里来？”尼恩艾祖追问道。

“我来自快乐之地，”普克武德奇斯回答，“那里永远是夏天，没有痛苦，也没有哭泣。花朵永

远娇艳地绽放，果实永远香甜地挂在枝头，微风永远轻柔地吹拂。我来，就是为了带你去那里。”

尼恩艾祖犹豫了一会儿，母亲的话语在她耳畔(pàn)回响。她知道，母亲希望她能过上安稳的生活。但是，她低头审视自己的内心，发现那颗心早已对这片土地生出了疏离之感，它渴望着广阔的远方，渴望着未知的可能。“我想去。”尼恩艾祖坚定地说道。

互动

遵从内心的选择需要勇气，你是否和尼恩艾祖一样面临过同样的困境？周围人善意的建议和自己内心的愿望并不相同时，你是如何选择的？

普克武德奇斯伸出手，牵住了尼恩艾祖的手。他们并肩走向松林，月光轻柔地洒落在他们身上，为他们披上了一层银色的轻纱。脚下的草地柔软而有弹性，每一步都像是踩在云朵上。周围的树木像是忠诚的卫士，枝叶轻轻摇曳，发出动听的声响，好像在祝福他们。

尼恩艾祖最终还是做了新娘，她嫁给了小精灵。她跟着普克武德奇斯走进了松林，消失在了月光中。部落的人们再也没有见过她，但他们知道，她去了一个没有痛苦、没有杀戮的地方。

日本朝鲜印度神话

辉夜姬

在日本的一个小村落旁，有一片广袤、静谧的竹林，正是伐竹翁赞岐造麻吕劳作的地方。

一天，赞岐造麻吕像往常一样在竹林中，忽然，一根闪闪发光的竹子吸引了他的注意。他好奇地走近，手中斧头轻轻落下，只听“咔嚓”一声，竹子裂开，令人惊讶的是，里面竟躺着一个只有三寸高的小女孩！

赞岐造麻吕又惊又喜，小心翼翼地将小女孩捧在手心里，忙跑回家。

妻子早已在门口等候，看到小女孩，连忙问道：“发生什么事啦？这孩子是从哪里来的？”

他激动得声音都有些颤抖，“就在那竹林的竹子里发现了她，这肯定是上天赐给我们的礼物！她的身上闪闪发光，夜晚把房子都照得灿烂辉煌，我们就叫她‘嫩竹之辉夜姬’吧。”

之后伐竹翁夫妇将全部爱意倾注到他们的宝贝女儿身上。养母在集市上精挑细选出最柔软的面料，夜晚借着微弱的灯光为辉夜姬缝制出美丽的衣服；养父经常天没亮就出门，前往山间的溪流捕捉肥美的鱼儿，采挖鲜嫩的竹笋和清爽的野菜，为辉夜姬准备好

地道、美味、有营养的食物；夫妇二人还带着辉夜姬在竹林中漫步，讲解竹子的诸多用途，教她认识各种花草树木。

一转眼的工夫，辉夜姬就像春日里茁壮成长的花朵，出落得亭亭玉立。她的美貌迅速传遍了世间的每一个角落。五位身份尊贵的男子——石作皇子、车持皇子、右大臣①阿倍御主人、大纳言②大伴御行、中纳言③石上麻吕，纷纷前来求婚。

石作皇子昂首挺胸，自信地走进来，率先开口："辉夜姬，我是石作皇子，拥有着最高贵的血脉，我所到之处，繁花竞相绽放，灵鸟欢歌相迎。嫁给我，你将拥有至高无上的荣耀，你的名字会被吟游诗人写进不朽的歌谣，随着风的翅膀传遍四方，在每一处篝火旁传唱。"

车持皇子紧接着踏入，他的身后跟着一群侍从，手中捧着精美的礼盒。他一挥手，侍从们立刻将礼

①右大臣：日本律令制下太政官制中的重要官职，参与国家重大决策，协助天皇处理政务，相当于中国古代的"丞相"一职。
②大纳言：负责协助大臣（太政大臣、左大臣、右大臣、内大臣），参议政事和宣诏政令，并担任天皇的近侍，相当于中国古代的"丞相的属官"。
③中纳言：地位仅次于大纳言。

盒打开，里面满是奇珍异宝。他笑着说：“我是车持皇子，拥有着无尽的金银珠宝，我能将浩渺沧海化作珍珠的温床，能让险峻高山成为宝石的矿场。嫁给我，你将行走在铺满玫瑰与金币的道路上，每一步都踏出富贵与尊荣的回响。”

右大臣阿倍御主人穿着华丽的朝服，步伐沉稳而庄重。他注视着辉夜姬，说道：“我在朝中权倾一方，嫁给我，你将与我并肩于权力之巅，受万众敬仰、臣民礼拜，而你的名字，将被郑重地载入史册，成为后世传颂与铭记的传奇。”

大纳言大伴御行随后而至，他身材魁梧，声音洪亮如钟：“我虽然不如皇子们那样拥有无上权力，但是能给你安稳平静的生活，让你每天都能过得踏实自在。”

中纳言石上麻吕最后走进屋子，眼神中透着一丝腼腆（miǎn tiǎn）①与真诚：“辉夜姬，我愿意用我的真心对待你，与你相伴度过这漫长的一生，不离不弃、矢（shǐ）志不渝（yú）②。”

---

①腼腆：因羞涩或胆怯而神色不自然的样子。

②矢志不渝：表示永远不变心。

辉夜姬听了他们的话，微笑着摇了摇头，随后开口，“如果诸位真心想娶我，就去为我寻来宝物吧。石作皇子，你去天竺国寻那如来佛的石钵(bō)[①]；车持皇子，到蓬莱山折取玉枝[②]；右大臣，需买来中国的火鼠裘(qiú)[③]；大纳言，取得龙首上的珠玉[④]；中纳言，取来燕子窝的安产贝[⑤]。谁最先找到宝物，我就答应谁。”

五人为了抱得美人归，使出浑身解数。石作皇子妄图拿假物蒙混过关，车持皇子造假失败，右大臣买到的假火鼠裘被辉夜姬一眼识破，大纳言费尽心机也没有成功取来珠玉，中纳言更是无计可施。最终，他们都没能俘获美人芳心。

天皇在宫中也听闻了辉夜姬的故事，其美丽与神秘令他心动不已。怀着对如夜明珠般闪耀的期待，天皇亲自来到她的居所。当他的目光触及

---

①佛之石钵：如来佛使用过的石钵，是宗教的圣物。
②蓬莱玉枝：用宝玉制作成的树枝，是极致华丽和珍稀之物。
③火鼠裘：火鼠的皮毛制成的裘衣，具有不惧火焰的神奇特性。
④龙首珠玉：人难以接近神秘又强大的龙，龙头上的珠玉更是稀世珍宝，需要足够的勇气和能力才能得到。
⑤燕之子安贝：在日本文化中，放在燕子窝里的贝壳保佑生育平安，也是对生命力量的一种尊崇。

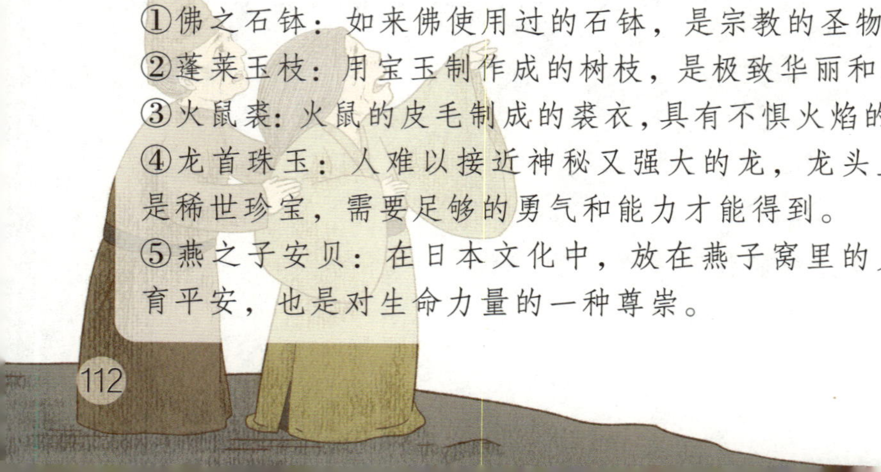

辉夜姬的刹那，仿佛时间都停止了流动，只觉得眼前的女子是一朵绽放在月光下的圣洁莲花。

此后，天皇对辉夜姬念念不忘，常常给她写信。在金碧辉煌的宫殿中，他苦苦思索后才落笔，倾诉着自己对她的思念与爱慕。每写完一封信，天皇都会仔细地将信纸折叠好，装入精美的信封，再盖上自己的印章，派遣最信任的侍从快马加鞭地送往辉夜姬的住处。

点拨

同是爱慕，天皇身份最为尊贵，却并未像其他人一样直接求婚，而是谨慎地写信表达，真心最为可贵。

辉夜姬收到信后，有时会在幽静的庭院中，坐在石凳上，看着天皇的来信，蹙(cù)起眉头，轻轻叹息，她明白天皇的爱意，可自己的身世，却是一道无法跨越的鸿沟，阻隔着两人。片刻后，她还是拿起笔回信，“陛下，我有难言之隐，实在不能和您在一起。”字里行间透露出不得已的疏离。

原来，辉夜姬本是月宫中的天女，因犯过错，被谪降（zhé jiàng）①人间。如今，惩罚之期已满，她即将重返月宫。她独自站在庭院中，仰望着那轮皎洁的明月，泪水在眼眶中打转。她知道，离别的时刻即将到来。

她回到屋内，在看到伐竹翁夫妇的瞬间，泪如雨下，哽咽着说道：“养父养母，其实我的父亲是月王，我违背了他的旨意，才被贬至人间流放三年。如今期限已到，我不得不回去了。我好舍不得离开！你们的养育之恩，我此生都难以回报。”伐竹翁夫妇早已泣不成声，却也无能为力。

八月十五的夜晚，银色的月光洒满整个村庄。天空中传来一阵悠扬的仙乐，只见月宫的使者们驾着五彩祥云，降临在辉夜姬的门前。

辉夜姬从屋内走出，身着华丽的天之羽衣，轻轻走到伐竹翁夫妇身边，最后一次紧紧拥抱他们，然后缓缓登上云车。在伐竹翁夫妇悲戚的目光中，飘然而起，消失在浩瀚的夜空中。

---

①谪降：指仙人获罪而遭到贬降，托生人世。

辉夜姬离开后，伐竹翁将她留下的不死之药献给了天皇。天皇颤抖着接过不死之药，怅然若失[1]。他凝视着那药瓶，仿佛能从中看到辉夜姬的倩影。

他低声自语，声音中透着浓浓的哀愁，“没有辉夜姬，长生不老又有何意义？这世间的繁华盛景，在她离去的那一刻，都已化为泡影。”

天皇命人将药置于日本最高的山峰焚烧，并将该山命名为“不死山”，后来逐渐流传为今天的“富士山”。因此，在日本的传统信仰中，富士山具有超越世俗的神圣地位，被认为是连接人间与天界的桥梁。

延伸阅读

富士山是日本的最高峰，是日本最具代表性的象征之一，因此人们也为富士山创造了许多神话传说，辉夜姬只是其中之一。读完这篇故事，试着查找资料，了解一下其他关于富士山的传说吧。

他站在远处，望着焚烧后的不死之药化作一缕烟雾飘上夜空。“从此我

①怅然若失：形容心情失落的样子。

与她天人永隔，希望我的爱与思念能像青烟一样升入天际，传达给亲爱的辉夜姬。”天皇回忆起辉夜姬温柔的微笑、清澈的眼神，还有沉思的身影。他知道，无论时间如何流转，辉夜姬都是他心中永远的月光。

岁月流转，辉夜姬的传说在日本家喻户晓。每当夜幕降临，明月高悬于富士山之上，洒下清冷的光辉，仿佛辉夜姬深情地注视着这片土地，人们也永远铭记着这位梦幻般降临人间又悄然离去的仙子。

桃太郎

从前，在一个宁静而偏远的小村庄里，住着一对心地善良、质朴憨厚的老夫妇。

一天清晨，老婆婆像往常一样去河边洗衣服，她粗糙的手指浸在沁(qìn)凉的溪水里搓揉麻布，忽然听见上游传来“咕咚”的异响。抬眼望去，只见河里飘来了一个硕大无比的桃子。这个桃子粉扑扑、圆滚滚的，在波光粼粼的水面上显得格外诱人。

老婆婆满心欢喜，她想：“这么大的桃子，一定香甜可口，我要把它带回家，和老头子分享。”她慌忙用围裙兜住足有南瓜大的桃子，枯瘦的手臂被压得发颤，却仍哼着俚曲往家赶。

傍晚时分，老公公扛着沾满红泥的锄头推开门，他浑浊的眼睛陡然发亮，盯着桌上那颗泛着蜜光的桃子。

老婆婆快步走到老公公身边，笑着把桃子的来历告诉了他，“老头子，这可是个幸运桃！咱赶紧吃了吧，也沾沾这喜气！”

正当老公公拿起刀准备切开桃子时，奇妙的事情发生了！“啪”的一声脆响，桃子竟自己裂开了，一道亮光闪过，紧接着，一个健康可爱、白白胖胖的小男孩从里面蹦了出来。他咯咯笑起来，藕节似的小手抓住了老公公花白的胡须。

“我的天呐！”老婆婆惊讶地捂住了嘴。

“桃太郎！桃子的大儿子！”老公公也瞪大了眼睛。

自此，老夫妇精心地抚养他长大。而桃太郎的成长速度极为惊人，他长得比村里其他孩子都要快

对比阅读

同为日本神话，同为“意外得子”，辉夜姬和桃太郎的故事有哪些异同呢？对比阅读两篇故事，说说你的发现吧。

上许多，而且他长得眉清目秀、英俊非凡，性格更是勇敢善良、正直淳朴，深得村里人的喜爱。

在桃太郎十五岁那年，一只受伤的小鸟挣扎着扑腾翅膀，跌跌撞撞地飞进了村子，正巧落在了桃太郎家的院子里。桃太郎看到后，立刻跑了过去，蹲下身子，捧起小鸟，仔细查看它的伤口，随后迅速跑回屋内，找出草药和布条，细心地为小鸟包扎，嘴里还轻声念叨着："别怕，小家伙，很快就会好起来的。"

小鸟眨着黑豆般的眼睛，感激地对桃太郎说："善良的桃太郎，在海的另一边，有一座恐怖的鬼岛，岛上住着一群凶恶的妖怪，它们经常来抢夺我们的食物和财宝，还伤害我们的同伴。你一定要去打败它们，拯救我们于水火之中啊！"

桃太郎听后，心中顿时燃起了熊熊怒火。他紧握着拳头，来到老夫妇面前，眼神坚定地说道："爹，娘，我要去鬼岛打败那些妖怪，让大家不再受到伤害。"

老夫妇看着眼前这个已经长大成人的孩子，虽然担心桃太郎的安危，但也知道孩子心意已决，而且桃太郎天生力大无穷，或许真的拥有战胜妖怪的能力。

老婆婆的双手拉着桃太郎的衣角，流着泪说：“孩子，你一定要平安回来啊！”

桃太郎挺直了腰杆，自信地拍了拍老夫妇的手，安慰道：“爹娘放心，我一定会打败妖怪，毫发无损地凯旋，让你们为我骄傲！”

说完，桃太郎转身，迈着坚定的步伐，踏上了充满未知与挑战的征途。他沿着蜿蜒曲折的海岸线一路前行，咸涩的海风卷起他鬓(bìn)角的碎发，吹乱了他的头发，却吹不散他的执着信念。走了很久很久，炽热的太阳无情地灼烤大地，豆大的汗珠从桃太郎的额头滚落。他环顾四周，发现了一棵盘根错节的老榕树，便走了过去，在树荫下席地而坐，稍作休息。

这时，一只调皮机灵的猴子倒挂在树枝上露出狡黠的笑脸，尾巴卷着未熟的野柿子，好奇地问道：“嘿，小小的人类，你这是要去哪儿？难道有什么重要的事情吗？”

桃太郎拭去睫毛上的汗珠，把自己要去鬼岛打妖怪的事情一五一十地告诉了它。猴子听后猛地荡下树枝，沾着果浆的爪子拍在他肩头，说道：“算俺一个！

等收了妖怪，俺要十筐，不，二十筐甜柿！”

就这样，猴子成了桃太郎的第一个伙伴。

他们继续前行，不久后又遇到了一只五彩斑斓的野鸡。

野鸡看到他们，好奇地歪着头问道：“你们这是要去干什么？”

桃太郎再次讲述了事情的经过，野鸡被他的勇敢和善良打动，用力地拍了拍翅膀，高声说道：“那些妖怪太可恶了，我也想加入你们，我可以在空中侦察敌情，提前发现危险。”

桃太郎笑着说：“欢迎你加入我们，有了你的帮助，我们就多了一双敏锐的眼睛。”

有了猴子和野鸡的陪伴，桃太郎的旅途不再孤单，充满了欢声笑语。

一天，当他们走到一片幽深的山谷时，听到了一阵低沉的咆哮声。顺着声音望去，只见一只大狗被一根粗壮结实的铁链拴在了一棵古树上，它残缺的耳朵在月光下渗出脓(nóng)血。

桃太郎心生怜悯，毫不犹豫地走上前去，双手握住铁链，使出全身的力气，将铁链硬生生地扯断了。

大狗踉跄着舔舐桃太郎的手掌，说道："谢谢你救了我，你就是我的救命恩人。从现在起，我愿意跟随你，用我的力量保护你，赴汤蹈火在所不辞。"

桃太郎拍了拍大狗的头，微笑着说："好，我们一起去鬼岛，打败那些可恶的妖怪。"

就这样，桃太郎带着猴子、野鸡和大狗，组成了一支勇敢无畏的队伍，向着鬼岛奋勇前进。他们一路上翻山越岭，历经艰辛，但始终没有放弃，克服了一个又一个难关。

经过漫长的旅程，桃太郎和他的伙伴们终于看到了远处那座阴森恐怖的鬼岛。鬼岛上弥漫着浓浓的黑色雾气，将整座岛屿笼罩其中，让人无法看清岛内的真实模样。海浪汹涌地拍打着岸边尖锐的礁(jiāo)石，发出阵阵震耳欲聋的轰鸣，飞溅的泡沫里竟漂浮着半片孩童的肚兜，好像在预示着鬼岛的危机四伏。

桃太郎深吸一口气，鼓舞着伙伴们说："我们已经来到了这里，无论前方有多少艰难险阻，我们都要勇往直前，打败妖怪，拯救那些受苦受难的人们。"伙伴们纷纷点头，以示决心。

他们谨慎地登上鬼岛，生怕惊动岛上的妖怪。但是刚一上岸，就被一群小妖怪发现了。

小妖怪们张牙舞爪地向他们扑来，嘴里发出刺耳的叫声："哪里来的小毛孩，敢来我们鬼岛捣乱！真是不知死活！"

桃太郎毫不畏惧，举起手中的棍棒，大声喊道："可恶的妖怪，今天就是你们的末日！"说着，他冲向小妖怪们。

猴子也不甘示弱，在树枝间灵活地跳跃穿梭，用它的爪子和尾巴狠狠地攻击小妖怪；野鸡则在空中盘旋，找准时机，用尖尖的嘴巴啄向小妖怪的眼睛，让它们防不胜防；大狗张开血盆大口，扑向小妖怪，用锋利的牙齿撕咬着它们的身体。

经过一番激烈的战斗，小妖怪们被打得落花流水、节节败退，狼狈地逃回了岛内。

桃太郎知道，这只是鬼岛上的一小部分妖怪，真正的挑战还在后面。

他们沿着一条狭窄崎岖、阴暗潮湿的小路向岛内走去，一路上警惕着周围的动静。通往城堡的小径布满蹊跷：看似青苔的石块实为妖舌，挂着晨露的野花会喷出毒雾。

当青铜巨门映入眼帘时，桃太郎摸到了门环上尚未风干的血渍，原来门框是用人骨砌成的，檐角还挂着风干的禽类爪翅。那些神秘的符号和图案，近看竟是无数指甲抓出的沟壑（hè）。桃太郎心想，这一定就是妖怪们的老巢了。

这时，猴子发现城堡的墙壁上有一个小小的通风口，它自告奋勇地说：“我从通风口钻进去，看看里面的情况，然后找机会打开大门。你们在外面等我的消息。”

桃太郎点了点头说：“好，你小心点。一定要注意安全。”

猴子顺着通风口爬了进去，发现了妖怪们正在大厅里狂欢。

过了一会儿，城堡的大门缓缓打开，猴子探出头来说：“快进来，里面的妖怪都睡觉了，这是个好机会。”

桃太郎和伙伴们悄悄地走进城堡，看到大厅里横七竖八地躺着许多妖怪，呼噜声此起彼伏。

桃太郎正要动手，突然，一只大妖怪醒了过来，它看到桃太郎他们，吼叫起来：“快来人啊，有外人入侵！”

一瞬间，妖怪们惊醒，手忙脚乱地拿起武器，向桃太郎他们扑了过来。

桃太郎喊道：“伙伴们，我们一起上！”

他们所到之处，妖怪们的哀号声不绝于耳。猴子、野鸡和大狗也各显神通，与桃太郎并肩作战。

可是，妖怪们越来越多，桃太郎他们渐渐有些抵挡不住了。就在这时，桃太郎看到了妖怪首领，那是一个身形巨大、面目狰狞的恶鬼，它坐在高高的王座上，指挥着妖怪们作战。

桃太郎心想，只要打败了这个首领，妖怪们就会群龙无首，这场战斗也就胜利在望了。于是，他不顾一切地冲向了妖怪首领，喊道：“看我今天怎么收拾你！”

妖怪首领看到桃太郎向自己冲来，发出了一声冷笑，“哼，小毛孩，不知死活！”说着，它握紧手中的大刀，向桃太郎砍去。

桃太郎身姿矫健，灵活地躲避着妖怪首领的攻击，同时寻找着它的破绽。经过一番激烈的交锋，桃太郎终于找到了一个绝佳的机会。

“就是现在！”桃太郎蹬着大狗的脊背跃起，将棍棒狠狠地砸向了妖怪首领的头部。妖怪首领发出一声惨叫，庞大的身躯摇晃了几下，便轰然倒在了地上，再也没有了动静。

妖怪们看到首领被打败，顿时乱了阵脚，像丧家之犬一样四散逃窜。桃太郎和他的伙伴们乘胜追击，将妖怪们一网打尽，彻底消灭了鬼岛上的邪恶势力。

凯旋那日，老夫妇抱着刚做好的糯米团子候在村口。桃太郎解开包袱，取出一个草编的鸟窝，三只雏鸟正啾啾待哺。

跨界阅读

桃太郎的故事，在日本家喻户晓，被改编成动漫、电影和电视剧。不妨找来看一看，感受不同版本桃太郎的趣味。

夕阳把影子拉得很长：少年为雏鸟梳理羽毛，脚边跟着甩尾巴的大狗，猴子在他头顶揪着发髻，野鸡气鼓鼓地追啄猴爪。炊烟袅袅升起，传来老婆婆中气十足的吆喝：“开饭喽——”

狐女玉藻前

在日本平安时代[1]末期，有一位传奇女子，她的名字是玉藻前。

玉藻前简直是上天精雕细琢的杰作，她的眼睛清澈明亮，一颦（pín）一笑都让人不由自主地为之倾倒。而且她博学多识，琴棋书画样样精通，被人们誉为天下第一美女和日本第一才女。

她 18 岁时被钦点入宫，鸟羽天皇[2]将其视作珍宝，对她宠爱有加。

但鸟羽天皇的身体每况愈下，他经常感到疲倦无力，走一小段路就会喘不上气，精神也更加

①平安时代：日本古代的最后一个历史时代，它从 794 年桓武天皇将首都从奈良移到平安京（现在的京都）开始，到 1192 年源赖朝建立镰仓幕府一揽大权为止。它之前的时代是奈良时代，之后是镰仓时代。

②鸟羽天皇：日本第七十四代天皇（1107 年 8 月 9 日—1123 年 2 月 25 日在位）。

萎靡(wěi mǐ)[①]，甚至连处理朝政的精力都没有了。

“我这是怎么了？身体怎么会如此虚弱？”鸟羽天皇皱着眉头，自言自语道。

他在全国各地寻找妙手回春的医者和珍稀难得的药材，身体却始终不见起色。

阴阳师[②]安倍泰成敏锐地察觉到皇宫中弥漫着一股妖气，而这似乎与神秘的玉藻前有关。

他查阅了一本阴阳师秘籍，在其中发现了关于白面金毛九尾狐的传说。传说中，这种妖狐能够化形为美艳的女子，接近达官显贵，然后吸食他们的精气，以增强自己的妖力。

思辨

中国也有类似的狐妖传说——苏妲己，你认为这种相似是单纯的巧合吗？不同国家或者民族间时常有类似的故事，你怎么看待这种现象？

安倍泰成看着秘籍，眉头越皱越紧，“这玉藻前定是妖狐无疑！”想到这里，他“啪”地合上秘籍，神色凝重，毅然决然道：“事关重大，我要即刻向天皇禀报。”可刚迈出几步，他又停住，面露难色，低声叹息：“唉，我空口无凭，天皇怎么会轻易相

①萎靡：形容精神不振、意志消沉的样子。

②阴阳师：日本的阴阳师起源于中国的阴阳家和道家，主要工作是占卜，使用咒文。

信我呢？”

于是，安倍泰成精心准备了一场驱邪仪式。

随着仪式的进行，玉藻前的身体突然向四周发出刺眼的光芒，身后挥舞着九条毛茸茸的大尾巴，她的面容扭曲变形，全脸长出白色的毛发，眼睛变成了血红色，耳朵又尖又长。

玉藻前知道自己已经暴露，便迅速跳上房檐，逃离了皇宫，消失得无影无踪。

鸟羽天皇亲眼看到玉藻前的原形，既震惊又痛苦，自嘲道：“朕竟然被一只妖狐迷惑，真是可笑啊！”

一个月后，安倍泰成在天皇的宫殿中，面色凝重地说道：“陛下，有传闻说妖狐逃到了那须野。在那里，她凭借自己邪恶的妖力，继续兴风作

浪，制造各种灾祸，百姓们苦不堪言啊！”他的声音在空旷的大殿中回响。

鸟羽天皇犹豫了一会儿，然后坚定地说：“我一定要除掉这只妖狐，还百姓一个安宁。”他任命安倍泰成为军师，三浦介义明、千叶介常胤(yìn)和上总介广常为大将，出征那须野。

“此次出征，我们一定不能掉以轻心。”安倍泰成对三位大将说道，随后率领着这支由阴阳师和武士组成的精锐部队，浩浩荡荡地出发了。

他们一路披荆斩棘，穿过了迷雾重重、仿若迷宫的森林，又跨越蜿蜒曲折、水流湍急的长河，最终来到了那须野的边界。

玉藻前正坐在一块巨石之上，她的九条尾巴肆意地舞动着，好像正在跳跃着、翻滚着的火焰，让人顿感压迫和恐惧。她的眼睛眯起，闪烁着狡黠的光芒，仿佛正在等待猎物上钩。她的嘴角勾起，轻蔑地笑着，瞬间施展出各种妖法，试图摧毁安倍泰成的部队。只见瞬间狂风呼啸，烈焰腾腾，飞沙走石。

“这妖狐果然是个厉害的角色！”三浦介义明看着眼前的混乱局面，紧锁眉头。

千叶介常胤紧握长刀，点头道：“但我们不能退缩，为了百姓，我们齐心协力，一定能战胜她！”

可是安倍泰成的攻击似乎只是激起了更多的妖风。“这妖狐太强了，我们得想个办法。”他心中焦急地想道，额头渗出了汗珠。

就在战斗陷入僵局，天空被染成诡异的紫色时，安倍泰成的目光锁定在玉藻前狂舞的九条尾巴上。他深吸一口气，声音中带着不容置疑的权威，对三位大将喊道：“她没了尾巴就没了妖力！我们必须斩断它们！”

安倍泰成冲向玉藻前，武器直指她的心脏。“就是现在！”他大喊道。

三位大将立刻向玉藻前的尾巴砍去。她试图躲避攻击，疯狂地挥动尾巴，但动作还是慢了一步。随着三声巨响，玉藻前的三条尾巴被斩断了。

“不知好歹的家伙，我要你们付出代价！”玉藻前愤怒地嘶吼着，她的声音如同雷霆（tíng），震得大地都在剧烈颤抖。她的尾巴断裂处喷涌出的鲜红色血液，好像来自地狱深处的岩浆。

她使出杀招，周身涌起澎湃的妖力，形成一股足以毁灭一切的黑色风暴。风暴之中，火焰蔓延，血雨倾泻，整个那须野陷入了无尽的混沌，仿佛世界末日降临。

在这生死攸关的时刻，二十万大军用全部法力射出了鉴真[①]制成的法箭，刹那间，法箭向着玉藻前疾驰而去，只听得一声凄厉的尖叫，玉藻前的身影在法箭的光辉中逐渐消散，只留下满目疮痍的那须野，见证着这场惨烈的大战。

玉藻前死后，她的怨念凝结成了一块杀生石。这块石头持续散发出阴冷的毒气，悄无声息地侵蚀着周围的一切，土地寸草不生，鸟兽也仓皇逃离。

①鉴真（688—763），唐代高僧，被奉为日本律宗初祖。

百姓们对这块杀生石充满了恐惧，每次路过都胆战心惊地绕道走，生怕被毒气伤害。

直到南北朝时期，一位名为玄翁的高僧摧毁了那块传说中的杀生石。

远在京都的鸟羽天皇，得知玉藻前被击败的消息后，独自沉思于皇宫的御花园之中，回想起以前与玉藻前共度的时光。那些曾被妖狐迷惑的日子，如今看来，就是一场荒诞的噩梦。他深感自己的一时疏忽，险些给国家带来灭顶之灾，于是痛定思痛，深刻反省，勤勉治国。终于，在他的英明治理下，日本的国力逐渐恢复并稳步发展，百姓们也得以安居乐业。

玉藻前的故事在民间口耳相传，逐渐沉淀在日本文化的底蕴中，承载着人们对善恶、美丑的思考。那须野的土地，经历了血与火的洗礼，重新焕发出勃勃生机，彰显着坚韧与新生的力量。而那些散落在日本各地的杀生石碎片，作为历史的沉默见证，吸引着游客前去探索那段传奇的过往。

点拨

每一个穿越历史不断流传的故事，其实都承载了人们的思考与情感，这既是神话传说与民间故事不断焕发生机的魅力所在，也是我们阅读这些故事、了解人民智慧的意义所在。

海公的传说

在一个小渔村里，住着三位勤劳善良的渔夫，分别是三德、浩七和宝光。他们共用一条渔船，每天迎着朝阳、伴着海风出海捕鱼，日复一日。

一天清晨，三德脑海中不断浮现昨夜有关白衣仙人的梦，暗自思考：“这梦到底是什么意思呢？”

与此同时，不远处的浩七被浪涛声惊醒时，掌心还残留着仙人袖口的龙涎香，说道：“这位仙人什么都没说，但我感觉好像有什么大事要发生。”

而宝光在梦中与仙人相遇时，整个人都愣住了，双手不自觉地握紧，心中疑惑道：“仙人为什么会选中我呢？”

当三人在海边碰面时，眼神中都是难以掩饰的兴奋与好奇。

三德率先打破沉默，说道：“你们俩昨晚是不是也梦到仙人了？”浩七和宝光不约而同地点了点头。

浩七说：“我正纳闷呢，这梦实在来得太蹊(qī)跷(qiāo)了。”

宝光随声附和道：“我也觉得奇怪，从来没做过这样的梦，会不会真有什么好事等着咱们？”

三德眼神发光地望向大海：“今天出海说不定会有大收获，咱们可得好好把握啊！”

于是，他们满怀期待地扬起风帆，踏上了出海的征程。

起初，海面风平浪静，阳光洒在海面上，好像无数颗细碎的金子

在跳跃。三德站在船头，对浩七和宝光喊道：“你们看，这天气多好啊！依我看，今天肯定能捕到好多好多鱼，说不定咱们的船都装不下。”

浩七在船尾掌舵(duò)，听到三德的话，露出了灿烂的笑容，“哈哈，要是真能那样，咱们可就发财了！到时候卖了鱼，给村里的孩子们多买点糖果，让他们也高兴高兴。”

宝光在一旁整理着渔网，也跟着笑了起来：“对，孩子们肯定会乐坏的。”

正当他们沉浸在对丰收的幻想中时，湛(zhàn)蓝的天空突然被乌云笼罩。紧接着，狂风呼啸怒吼，卷起层层巨浪向他们的小船扑来。小船在波涛中被无情地抛上抛下，船身发出可怕的嘎吱声，随时都可能被大海吞没。浪头化作白骨利爪撕扯船帆，咸雨里混着珊瑚碎屑抽打人脸。

三德紧紧抓住船头的栏杆，脸色煞白，放声喊道：“大家别慌，抱紧了！这风暴肯定

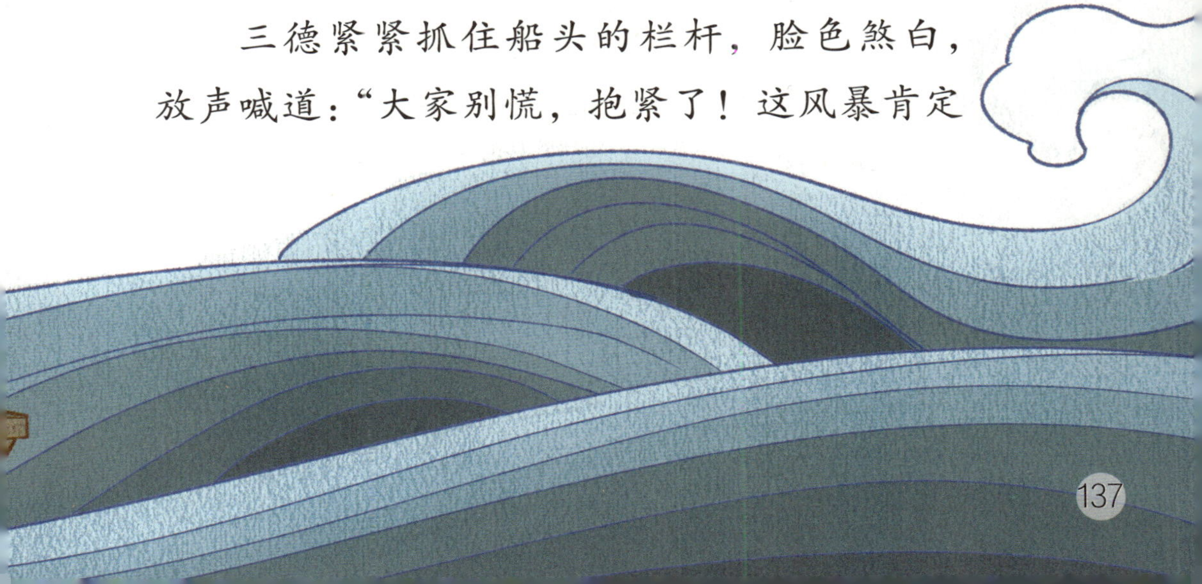

不会持续太久的，咱们坚持住！”

浩七紧紧握住船舵，头上的血管跳个不停，用尽全身的力气，试图让小船保持平衡。他汗水混着海水，打湿了衣服，还是扯着嗓子回应三德：“对，我们一起，一定能挺过这个难关！”

宝光则躲在船的一角，双手死死揽住船舷，眼睛紧闭，口中不停地念叨着：“老天爷啊，保佑我们平安无事，保佑我们平安无事……”

三人被这场突如其来的暴风雨折磨了四天四夜。在这漫长的四天里，巨浪一次又一次张牙舞爪地扑向他们的小船，饥饿、寒冷和死亡的恐惧如影随形，但他们始终相互鼓励和扶持。

第五天清晨，海面终于恢复了平静。但他们已经体力不支，只好坐着。

三德抬头望着阳光，激动地说道：“风暴过去了，我们还活着！”

浩七和宝光也疲惫地抬起头，“好困好饿，真想回去大吃一顿再睡个大觉。”

这时，三德喊道：“看！那儿好像是座岛！”

“在哪儿？在哪儿？你是不是看错了！”宝光有点儿不相信地问三德。

真是岛，远处有一座美丽的海岛。他们努力登上了海岛，岛上树木茂盛。但他们饿得没有力气，坐在地上，一动也不动。

面前的空地上突然有白色雾气升起。紧接着，雾气迅速蔓延开来，三人惊愕地瞪大了眼睛，大气都不敢出。那股浓烈的白雾渐渐散去，一座精致的瓦房出现在他们眼前。他们惶恐又疑惑，面面相觑(qù)，心想："这是遇到了妖怪还是神仙呢？"

这时，瓦房中走出一位青衣白发的老人，他捋着胡须上下打量着三位渔夫，说道："哈哈哈，你们终于来了，这一路辛苦了。"

三德强打起精神，恭敬地问道："老人家，是您救了我们吗？这是什么地方呀？"

老人摆了摆手，微笑着说："这不是我的功劳，而是海神的旨意。我只是奉命在此地等候你们罢了。"

浩七忍不住问道："海神的旨意？老人家，我们只是普通的渔夫，海神怎么会知道我们呢？"

"你们的勤劳、善良以及闪耀的灵魂，海神都看在眼里。"老人侧身将他们引入屋内。

屋内布置简洁而温馨，中间是一张木桌，桌

上摆放着几个色泽鲜艳、散发香味的果子。老人示意他们坐下，然后把果子递给他们，说道："这是灵果，吃了就可以延年益寿，这是海神对你们的嘉奖。"

宝光看着手中的果子，小心翼翼地说："老人家，我们不过是做了些力所能及的小事，怎么能接受这样的恩惠呢？"

老人看着他，目光里满是欣赏和认可："你们或许觉得自己只是在过平凡的日子，但你们的每一个善举都在这世间留下了温暖的痕迹。你们善良和睦，从不为任何琐事争吵；勤劳朴实，日复一日地辛勤劳作；情谊深厚，

在危难时刻不离不弃。这些品质，是多么难能可贵啊！海神有感于此，赐予你们每人一座海岛，希望你们和家人过上富足美满的生活。”

思辨

你认可老人所说的话吗？小小的你或许已经开始思索人生的意义，不妨和父母交流一下吧。

三德听了老人的话，想起与浩七、宝光一起出海的日子，感慨地说：“老人家，我们明白了。我们一定会珍惜这份恩赐，不改初心，好好生活。”

浩七也连连点头，“是啊，我们会把这份善意传递给更多的人。”

宝光充满感激地看着老人，“多谢老人家的教诲，我们一

定不会辜负海神的期望。”

三位渔夫吃掉果子后，感觉疲惫瞬间消失，一股奇异的热流在身体里涌动。

三德发现自己竟然能看到岸边海鸥飞翔时羽毛的纹理，听到地下蚯蚓在泥土中穿梭的动静。

浩七感觉自己的力量源源不断，他试着扛起一旁的渔船，感觉仿佛只是扛起一根轻巧的树枝。

宝光忽然觉得自己的反应变得极为敏捷，他下意识地伸手，竟然抓住了海风吹过来的一片轻薄如纱的贝壳碎片。

三位渔夫惊叹于灵果带来的神奇力量，向老人多次道谢后，登上渔船返回村庄。

一路上，三人的心情格外轻松。浩七望着无垠的大海憧憬未来，“以后我们在海岛上，可以种些果树，养些家禽，让孩子们健健康康地长大。”

三德笑着说：“还可以盖更大的房子，让家人都住得舒舒服服。”

宝光咧嘴笑着回应道：“说不定还能在岛上发现更多的宝藏呢！”

回到村庄后，他们迫不及待将自己的奇遇告诉了家人和村民们，大家也发自心底地高兴与祝福。

一天，三位渔夫遵循老人家的嘱咐，带着家人，依照记忆中的路线，再次驶向那神秘的海岛。

他们到达海岛后，只见记忆中的一个海岛竟幻化成了并排的三个海岛。他们相互对视一眼后，很快达成了默契，各自选了一个海岛。

他们在海岛上安居乐业。三德搭建了精致的房屋，还打造了一艘新的渔船，继续着捕鱼事业。浩七则开垦(kěn)[①]农田，种植各种农作物，空气中都弥漫着丰收的香甜与喜悦。宝光养殖家禽家畜，还在森林里采集到能解百毒的草药。

正如老人家说的那样，他们的生活变得富足而幸福，而他们的故事也在这片海边的土地上流传开来。占有这三个海岛的渔夫，被人们尊称为“海公”。村里的孩子们围坐在老人身边，听他们讲述海公惊心动魄的传说，以及海神的恩赐和善良的福报。

---

①开垦：把荒地开辟成可以种植的土地。

洪水

在印度神话世界里，一场惊心动魄的洪水汹涌袭来，如同命运的审判者，改写了无数生灵的轨迹，这便是“洪水”的故事。

摩奴，作为太阳神的儿子，从出生起，周身就散发着光华。为了能更深入地修行，更纯粹地与神沟通，摩奴找到了一处静谧之地——枣树河边。他盘坐在枣树下，双目轻轻闭上，呼吸均匀平稳，摒弃一切杂念，让自己的灵魂在这宁静的氛围中得到净化与升华。

时间悄然流逝，摩奴的修行日益精进，力量更加强大。他没有把这股力量用来征服和破坏，而是一心投入到守护和庇佑中。他能够与山川河流、花草树木沟通交流，他用自己的力量帮助那些弱小的生灵，治愈他们心灵的伤痛，给予他们温暖和希望。

一日清晨，当摩奴像往常一样前往枣树河边

取水时，他看到了一条小鱼正在浅浅的水洼中拼命扭动挣扎。水洼即将干涸，小鱼的身体已经有一大半暴露在空气中，在太阳的炙烤下，它的鳞片黯淡而干涩，它的鳃(sāi)快速开合，好像在发出最后的求救。

摩奴急忙蹲下身子，伸出宽厚的手掌，将小鱼小心地捧起，轻声说道："小家伙，别害怕，有我在，你安全了。"

他快步回到自己的住所，用干净的布细心擦拭掉小鱼身上的泥沙，又把它放入一个装满甘甜泉水的陶盆里。

小鱼在这舒适的环境中恢复了活力，它摆动着灵活的尾巴，在陶盆里欢快地游来游去，时不时调皮地用脑袋轻碰一下陶盆壁，好像在向摩奴表达感谢。

小鱼以惊人的速度成长着，没过多久，原本宽敞的陶盆变得局促起来。小鱼的身体几乎填满了陶盆的大半空间，它游动时，鱼尾都会重重地拍打着盆壁，发出沉闷的声响。

摩奴看着长大不少的小鱼，宠溺地说道："小家伙，你长得可真快呀，这里已经容不下你啦。我这就带你去个更大的地方。"

摩奴带着小鱼来到了村子附近的一处水塘边。水塘里的水清亮澄澈，周围长满了翠绿的水草。小鱼一接触到水塘的水，就摆动着强有力的尾巴，游向了水塘深处，不一会儿又游了回来，在摩奴面前绕了好几圈，好像是在向这位救命恩人告别。

摩奴望着小鱼，欣慰地说道："去吧，在这里自由自在地生活。"

有一天，他像往常一样来到水塘边，想看看小鱼的近况，却发现它已经长得巨大无比，几乎占据了半个水塘。小鱼在水中游动时，掀起层层波浪，周围的水草都被冲得东倒西歪。

摩奴惊讶地看着小鱼，小鱼也游到了摩奴面前。摩奴感慨地说道："你已经成为这片水域的巨无霸了，水塘也装不下你了。我要带你去更广阔的恒河[1]，那里才是你真正的归宿。”

摩奴找来村里最大的木盆，在众人的帮助下，把小鱼转移到木盆里，然后和村民们一起抬着木盆，朝着恒河走去。

到了恒河边，摩奴把木盆倾斜，小鱼顺着水流滑入恒河。小鱼一进入恒河，就畅游起来，它的身躯在河水中若隐若现，引得周围的鱼儿纷纷追随。摩奴站在河边，望着远去的小鱼，大声喊道：“希望你在恒河的怀抱里，尽享自由与快乐。”

可是，当摩奴再次来到恒河边看望小鱼时，发现它已经长得更加庞大，恒河的水流似乎都因它的游动而变得湍急起来。

摩奴望着大鱼，长叹一声说道：“恒河已经无法容纳你的身躯，你注定不属于这里，我的朋友。我这就带你去那无边无际的大海。”

摩奴施展神力，开辟出一条连接恒河与大海的通道。大鱼游入大海，海水被激起数十丈高的巨浪。大鱼转过头，感激地说道：“摩奴啊，你将我从浅洼之中救起，一路悉心照料，承蒙你的爱护，才让我

---

①恒河：印度神话中恒河是恒河女神的化身，能够洗净人们的罪恶，带来福祉和救赎。

得以保全性命。这份恩情，我铭记于心，无以为报。为了回馈你，请你务必认真听我说，并严格按照我的嘱咐去做。”

大鱼顿了顿，忧虑地说道：“在不久的将来，一场洪水将如猛兽般席卷整个大地，世间万物都会被吞噬在那滔滔洪水中。今天，我把这件关乎生死存亡的大事告知于你，就是希望你能尽早做好周全准备。”

对比阅读

世界各地都有关于洪水的神话传说，中国的“大禹治水”，希腊的“新人类的诞生”，都讲述了人类战胜滔天洪水的故事。请仔细阅读对比三个故事，看看它们都有哪些异同。

“你必须立即建造一艘坚不可摧的大船，这船要选用最坚实的木材，以精湛的技艺拼接，并用粗壮的缆绳牢牢地系在船身上，确保万无一失，能抵御住狂风巨浪的冲击。你

和北斗七星这七位仙人，一同登上这艘船。不仅如此，你还要竭尽全力，将世间各种生物的种子都仔细收集带上船。这些种子，是世间生命延续的火种，绝不能有丝毫闪失。”

“做完这一切后，你便安心地在船上等待我的到来。当洪水来临时，我会引领你们前往安全之地。”

摩奴神色凝重，坚定地看着大鱼，郑重地回答道：“你放心，我一定会将你的每一句话都铭记于心，严格按照你说的去做！”

随后，大鱼转身，巨大的尾巴激起千层浪，朝着大海深处游去。

海风呼啸着吹过，撩动着摩奴的衣衫。他望着大鱼远去的背影，深吸一口气，抖擞(sǒu)精神，转身朝着村庄走去。而大鱼的身影也消失在茫茫大海之中，他们就此告别，各自奔赴关乎世界命运的征程。

摩奴进入遮天蔽日的森林，挑选最为坚固的树木。他用石斧伐倒树木后，又用石刀打磨木材表面，把树脂均匀地涂抹在木材的拼接处，再用坚韧的藤蔓紧紧缠绕。

与此同时，他翻山越岭，穿越茂密的丛林，踏过湍急的河流，寻找各种生物的种子。他弯下身子，在草丛中、花丛里、大树下仔细翻找，把收集来的种子一颗颗放到特制的陶罐中，又用柔软的兽皮封口，确保它们能够在洪水中安然无恙。

他四处奔波，寻找那七位仙人。历经千辛万苦，终于在一座云雾缭绕的山洞中找到了他们，摩奴恳切地说道："尊敬的仙人，神谕昭示，洪水即将来临，世间万物将面临灭顶之灾。我正在建造大船，恳请你们与我一同面对这场灾难。"仙人们听闻后，都表示愿意伸出援手。

终于，预言中的那一天到来了。天空被一只无形的巨手拉上了黑色的帷(wéi)幕，厚重的乌云密密麻麻地堆积在一起，沉甸甸地压向大地。狂风嘶吼着席卷而来，雨滴硕大得就像拳头，砸在地上发出"砰砰"的巨响。河水水位急剧攀升，浑浊的浪涛疯狂翻滚，使得平原被吞没、山谷被灌满。

摩奴望向面目全非的大地，强忍着内心的剧痛，带着七位仙人和各类生物的种子，登上了那艘大船。

大船在水面上飘摇不定，巨大的漩涡在船边形成，试图将大船卷入深渊；高耸的浪头如同狰狞的巨兽，一次次向大船扑来，想要把它吞噬。

就在摩奴和仙人们在洪水中彻底失去方向时，一个庞大的身影破水而出，竟然是那条曾经被摩奴救过的大鱼。现在大鱼的身躯像一座巍峨耸立的山峰，它的脊背宽阔得像一片广袤的平原，在洪水中自由无阻地穿梭，不受水流的阻碍。它开口说道："摩奴，不要惊慌。我此番前来，就是要引领你们前往安全之地。虽然世间的灾难沉重，但生命的火种绝不能就此熄灭。"

摩奴听闻，眼中燃起希望的光芒，急忙转身，和仙人们一起在船上翻找出一根粗壮结实的绳索。他将绳索的一端系在大船船头那根最为坚固的木桩上，将另一端朝着大鱼抛去。大鱼巧妙地用鱼鳍一勾，便精准地接住了绳索。

在大鱼的引领下，大船在惊涛骇浪中艰难挺进。狂风依旧呼啸着，巨浪依旧咆哮着，但大鱼不可撼动。就这样，在漫长到似乎没有尽头的岁月里，大鱼日复一日、年复一年地拉着大船，从未有过丝毫的倦意。它凭借着自己的力量，在这混沌的世界中，硬生生地开辟出一条希望的航道，成为黑暗中指引生命前行的唯一曙光。

期间，摩奴和仙人们时刻警惕着，每当风浪稍歇，他们便立刻修补被风浪损坏的船身，并依

靠着风干的谷物和收集的雨水勉强维持生计。

终于，在一个天色渐明的清晨，大鱼在一座巍峨的雪山脚下停了下来。那座雪山傲立于天地之间，好像要冲破苍穹。山顶终年不化的皑皑白雪，在初升阳光的温柔抚摸下，闪耀着圣洁的光芒。

大鱼转过头，对摩奴说道：“摩奴，将船系在这雪山高峰之上。”摩奴不敢懈怠（xiè dài），迅速转身，再次将绳索朝着雪山突出的巨石奋力抛去，仙人们围拢过来，确保绳索的稳固。在众人的努力下，绳索被牢牢系在巨石之上，一圈又一圈，确保船只不会被湍急的水流冲走。

大船停靠在雪山脚下，在这片劫后余生的天地中，成为一座希望的灯塔。

待一切妥当后，大鱼周身毫无征兆地泛起一层柔和的光芒，光芒越来越盛，把周围浑浊的洪水都映照得一片通明。大鱼的身影变得模糊，直至完全消失不见，取而代之的是一位威严的神明。

这位神明头戴华丽的宝冠，身着金色的长袍，长袍上绣满了象征着创造与毁灭的符文。他的面容庄严肃穆，双眼深邃明亮，嘴唇上扬，那笑容里既有对世间苍生的悲悯，又带着掌控乾坤的自信。

“我乃生主大梵天[①]，是这浩渺宇宙间修为最高的神。”大梵天开口说道，汹涌的洪水被他的威严震慑，咆哮的浪涛以肉眼可见的速度平息了不少，水面上只剩下微微晃动的涟漪。

“摩奴，如今灾难已至，世间万物亟待重生。”大梵天忧虑的目光直直地落在摩奴身上，在这目光的注视下，摩奴只觉得一股滚烫的热流涌上心头，一种前所未有的使命感在他心间迅速扎根、生长。

“你必须踏上更为刻苦的修行之路，凭借你的力量和智慧，重新创造整个世界。这是你此生不可推卸的使命，也是拯救世间万千生灵于水火、让世界重归生机的唯一途径。”大梵天的语气坚定得不容置疑，每一个字都像巨锤，重重地敲击在摩奴的心头。

从那一天起，摩奴依照大梵天的指示，在雪山之巅开始了艰苦的修行。他坐在冰冷刺骨、坚硬如铁的岩石上，狂风刮过，暴雪洒落，不一会儿，

---

①生主大梵天：在印度神话中是宇宙万物的起源和创造者。

就将他包裹得像一个雪人。可他心无旁骛地沉浸在修行之中，探寻着创造与重生的真谛。在这漫长的修行岁月里，饥饿、寒冷、疲惫如影随形地侵蚀着他，可他凭借着顽强的意志，一次次战胜了身体与精神上的极限，从未有过片刻的退缩。

终于，在一个祥瑞的日子，摩奴获得了神奇而磅礴的力量。只见他指尖光芒闪烁，荒芜的土地上奇迹般地涌出了清澈的溪流，溪水沿着地势蜿蜒而下，你追我赶，汇聚成了宽阔的江河。江河波涛汹涌，拍打着河岸，向着远方滚滚流去，最终注入了浩瀚无垠的大海。

接着，摩奴将生物的种子播撒在大地上，种子迅速钻入泥土之中，又很快破土而出，嫩绿的幼苗怯生生地探出脑袋，在风中摇曳生姿，逐渐长成了茂密的森林。森林中，各种珍稀的树木竞相生长，鸟儿在枝头欢快地歌唱，松鼠在林间跳跃嬉戏。

随着万物复苏，新秩序下的世界更加繁荣昌盛。后世的学者们埋首于摆满古籍经卷的案几旁，潜心研究摩奴创造世界的传说，发展出了独特的哲学与道德体系，让摩奴的形象在学术与艺术的殿堂中熠熠生辉，影响着一代又一代人的思想与行为。